緊急事態下の物語

（目次）

腹を空かせた勇者ども……………………………金原ひとみ

ボールが床に叩きつけられる音が響く体育館の中で、私たちは必死にボールを追いかける。二コートに分かれて３オン３の練習を始めて二十分が経つ。コートランニング、ストレッチ、ダッシュ、３メン、５メンの練習を経ている私はもうずっと前から汗だくで、走る速度が落ちているのが自分でも分かった。「森山はスタミナが足りない」という瀬野コーチのぼやきが頭に蘇る。

　心肺機能が弱いというコーチの指摘を受け、部活のない日はＨＩＩＴ《ヒット》トレーニングメニューをこなすようになった。屋外であれば二十秒ダッシュと十秒休憩を繰り返すだけ、室内なら腕立てとジャンプを組み合わせたバーピージャンプ十回に十秒休憩を繰り返すだけのそのメニューを説明すると、ママは悲しそうな顔をして「軍隊みたい」と呟いた。文系のママは私に文化系の部活に入って欲しかったようで、演劇部とか文芸部は知識も教養も身につくし、ＥＳＳに入れば英語も伸びる、コンピューター部に入れば社会に出た後も役立つ技術を身につけられるはず、チームプレイの経験を積みたいなら吹奏楽《すいそうがく》もいいんじゃない？　と片っ端から文化部を勧めた。結局文化部は一つも見学すらせずバスケ部に入った私に、彼女はさぞがっかりしただろう。

「えーいいじゃん。うちなんか文芸部入ろうかなって言ったらママ文芸部なんて根暗しかいないわよって嫌な顔したよ」

　読書好きのセイラはそう言っていた。世の中にはいろんなママがいて、どれが最高ってことはないと分かってるけど、十歳くらいの頃にママと自分が人としてものすごく「違う」ことに気づいてから、どんなに彼女に優しくされ抱きしめられ褒められても、どことなく私とママとの間には越えられない壁があるような気がしてきた。

　ヨリヨリと一緒にクラスに戻ると、私たちはだらだらと支度をして学校を出た。あー腹減ったー。それな。見て見て……タラーン。え、コアラのマーチ持ってんのヨリヨリ？　まじ神。ちな私inゼリー持ってる。何だよレナレナも神じゃん。食おーぜ。二人でコアラのマーチに次々手を伸ばし、コロナもどこ吹く風でinゼリーを回し飲みして食料は一瞬で尽きた。でも全然お腹に溜まらない。買い食い駄目校則まじキチクじゃね？　キチクキチクー。私ら人生で一番エネルギー要る時期なのに。人生で一番とかレナレナ達観《たつかん》しすぎ。こないだお母さんが言ってたんだ、あなたは後八十年くらい生きるけど、背が伸びる時期はあと二年くらいで終わっちゃうんだよって、だから食べたい時に食べたいものを食べたいだけ食べなさいって、てかもうあと二年も伸び続ける気しないけど。

「てかでもさ」

「んー？」

「私ら食べたい時に食べたいもの食べたいだけ食べてたら、一日中食い続けることにならない？」

ヨリヨリの言葉に「それな」と声を上げる。成長期が遅かった私は、中学に入るとほぼ同時に自分でも引くくらい食欲が爆発的に増加した。８００㎖のお弁当では足りず、最近はお弁当に加えサンドイッチを二切れ持たせてもらっているけど、サンドイッチは大抵中休みまで保たず授業中か休み時間に胃袋に消えてしまう。本当にそれは、「食べる」よりも「消える」に近い現象だ。

ヨリヨリと一緒に電車に乗り込むと、私たちはイヤホンを片耳ずつ嵌《は》め Spotify でラブドリの曲を流す。二人でスマホに集中しながら、面白いインスタや TikTok の投稿があると見せ合ってケタケタ笑う。いつもこんな感じ。部活のあるなしで同じ方向のミナミとセイラが加わったり加わらなかったり、ヨリヨリも補習でいたりいなかったり、でも大抵誰かと喋り散らしながら帰る。

「ラブドリまじ神。ライブ行きたいなー」

ラブドリは私が小六の頃からハマっている歌い手で、中学に入ってすぐあちこちでラブドリ知ってる？　と聞いて回って同級に三人の同志を見つけ、さらに布教《ふきょう》を続けた結果ヨリヨリとモモがハマった。ヨリヨリの言葉は頭の中で、布教おつかれ、という自分への労いの言葉に変換される。

「ね。二人でライブ行けたらいいな。来年は開催されるかなー」

今年の夏に決まっていたラブドリの武道館ライブは無観客配信ライブになり、お年玉を使って入会したファンクラブ限定の先行に応募して当選して嬉しすぎて泣いていた私の涙は悲しみの涙へと変わった。ラブドリのライブに行けるなら何でもする期末テスト前一ヶ月スマホ禁止で勉強漬けでもいい塾通いだって辞さないと宣言していたけど、六月の段階でライブの払い戻しが決まってしまったため今年の期末は散々な結果で補習が二科目あった。もちろん全部コロナのせいにするわけじゃないけど、三月から一ヶ月休校、の後二ヶ月ほとんど形だけのリモート授業と生徒任せの課題だけだったせいで学力が下がったのは確かだし、学校が再開したとほぼ同時に有観客ライブ中止が決定したせいで、モチベーシヨンが大幅にダウンしたのも事実だ。

「そういやうちのお母さん、この間バンドのライブに行ってたよ」

一週間前、ママがボディバッグを肩からかけて出かけようとしていたから、え、なに？ライブ？　と聞くとママは「うん！　八ヶ月ぶり！」と満面の笑みで答えた。知らないバンドだったけど羨ましくて仕方なくて、いいなあラブドリも早く有観客ライブやらないかなあ、とぼやきながらママを見送った。

「え、もう普通にやってるの？」

「マスクと消毒、検温有りでフロアの立ち位置に印がついてて、一定間隔《かんかく》開けてキャパ半分くらいに減らしてたって」

「キャパ半分でどれくらいなの？」

「二百人とか言ってたかな」

「じゃあ通常は四百ってことか。武道館とは比べものにならないね」

「武道館チケ代倍でいいからキャパ半分でやってくれないかなー」

「チケ代倍って、一万超えじゃん！　レナレナ金銭感覚狂ってるくない？」

「うちのお母さん、ライブとか映画とかには無制限でお金出してくれるから」

「いーなー。この間の新作グッズも買ってもらってたよね？」

「この間はパーカー一枚買ってもらっただけだよ。他は自腹！」

「あのパーカーチケ代より高かったじゃん！　いいよなー、私んとこのママなんてまじおばさんだし音楽とかはあ？　って感じだしケチだし勉強勉強！　だよ」

　声を上げて笑いながら、そんな風に親のことを小馬鹿にできるヨリヨリが少し羨ましい。私はママやパパに何か注意されて苛立っても、黙り込むことでしか怒りを表明できない。どんなに自分が正しいと思っていても、ママが「あなたの主張がいかに稚拙《ちせつ》であるか」を雄弁《ゆうべん》に語って、私の間違いを指摘し始めて二分も経つと私は「完全に自分が間違っている」気がしてしまう。ママに諭《さと》されている時、手編みのマフラーのイメージが浮かぶ。ぴょんと飛び出た一本の毛糸を彼女にするすると引っ張られて、どんどん形がなくなっていくマフラーだ。カシミアとかだったらヤギに戻ってしまいそうなくらい、彼女は私の主張を無効化してしまう。稚拙でいいじゃん！　私はまだ子供！　楽しいが全て！　最終的にはそういうちゃぶ台をひっくり返すような言葉しか浮かばなくなって、そんなことを言っても無駄だから黙り込む。

　ヨリヨリと手を振って別れると、私は別の電車に乗り換え一駅で降り、駅を出るとまずコンビニに立ち寄る。買い食い禁止のため学校の近くではお店に入れないけれど、ここまでくればマイルール的には校則は無効。空腹が半端ないからいつも立ち寄って何か一つ買って食べながら帰る。

「おかえりー」

イーイーが私を見つけて小さく手を振った。コンビニ中をうろうろして、ツナコーンパン？　アイス、はさすがに寒いか、おにぎり、それとも唐揚げ？　じゃがりこ説もあるな、と迷いに迷った挙句何も手に取らず、レジ前に行くと「ピザまん一つください」と頼んだ。はいはい、とイーイーは消毒液を手にスプレーして塗り込んでからピザまんをガラスケースから取り出す。慣れた手つきで紙に包まれたピザまんを「熱いよ！」と手渡され、湯気にビビって紙の端っこを持つ。

「パスモでお願いしまーす」

はいはい、とイーイーはＩＣリーダーを起動させる。

「レナレナ、今日やる？　これ」

言いながらイーイーはクワを振り下ろす仕草をする。

「やるやる！　何時から？」

「七時上がりでご飯のあとだから、八時かな！」

「えーおそーい。私九時にスマホ使えなくなっちゃうのに」

「一時間遊べるでしょ」

「一時間だけかー」

「レナレナ中学生。まだ背が伸びてるよ。十時には寝ないとね」

世の大人たちは、みーんな揃いも揃って「背が伸びてる」ことをとてつもなく重要視する。「背が伸びてる」から、食べろ、飲め、寝ろ、運動しろ、モンスター飲むな、タバコとかお酒なんてあり得ない！　だ。モンスターもタバコもお酒も別に欲してないけど、皆どれだけ背高くなりたかったんだ？　って思う。

「はーい。じゃあ後でね」

イーイーは「バーイ」とにっこりと歯を出して笑った。一年くらい前、対象商品を買うとラブドリのクリアファイルがもらえるキャンペーンを知った私は、駅から一番近いこのコンビニにやって来てレジ前にクリアファイルを発見、テンション爆上《ばくあ》がりで「対象商品て何ですか?」と勢いよく尋ねた店員がイーイーだった。イーイーは他の店員に聞いたり店長に聞いてくるねとバックヤードに消えたりして、最終的にはスマホで検索して対象商品を調べ出してくれた。

「栄養ドリンクね。二本買うと一枚クリアファイルがもらえるって。それ、そこの棚にある、ウルトラリポっていうの。ウルトラリポの四つが対象だけど、その赤いシールのが一番安いからオススメだよ。黄色とか白は高いから、赤がいいよ」

赤を二本と、大好きなゲザンくんのクリアファイルをレジに持っていくと、イーイーは「よかったねー」とイタズラっぽく微笑み、「私もラブドリ大好き」とレジに身を乗り出して言った。

「ほんとに？　誰推し？」

「ヨスガくん」

「私ヨスガくんも大好き！」

「ヨスガくんの声最高だよね！」

「あの、クリアファイルって結構もう売れてる？」

「多分まだそんなに出てないよ。私がお昼に来てからあなたが初めてだよ」

「ほんとに？　もう一種類のゲザンくんのクリアファイルも欲しいから、ママがチャージしてくれたら明日も買いにこようと思って。明日残ってるかな」

「じゃあゲザンくんの別バージョン一つ隠しといてあげるよ。明日も私いるから」

「いいの？　すごい！　ありがとうチョウさん！」

名札を確認してそう言うと、「イーイーって呼んで」と彼女は言った。「イーイー？　じゃあ私はレナレナって呼んで」。私の言葉に、レナレナまた明日ねとイーイーは微笑んで手を振った。次の日、イーイーは本当にレジの中のケースにゲザンくんのクリアファイルを隠しておいてくれて、赤のウルトラリポを二本レジに持っていくと「はい」と渡してくれた。それから学校帰りにちょいちょい肉まんとか唐揚げとかメロンパンとかを買いに寄るたび仲良くなっていって、ある日小学校の頃の友達らと近くの公園で遊んでいた帰りに、これから留学生仲間とレイドバトルをしに行くと言うイーイーに遭遇《そうぐう》し、「私ともフレンドになってよ。フレンド作るミッションずっとクリアできないの」とフレンド登録をしてもらったついでにＬＩＮＥも交換した。それ以来、イーイーとは何かと連絡を取って、たまにレイドバトルに誘い合って行ったり、イーイーに勧められた、クワで延々村と農園を拡張していく「ゲリラファーム」というゲームをオンラインで一緒にやったりしている。勧められた時は何この地味なゲーム、と思ったけれど、実際にやってみると陣取りゲーム的な要素もあって、時にはゲリラを仕掛けたり仕掛けられたり、農作物を売ってコインを貯めると農耕のための機械を導入できたりもする、なかなか奥の深いゲームだった。日本語バージョンがないから、英語の勉強になるかなと思って始めただけだったのに、今は人材育成や土地の開拓《かいたく》に明け暮れる日々だ。

ただいまーと言いながらリビングに入ると、ママがご飯を作っていた。この時間にご飯を作っているということは、ママはこれから家を出ていくということだ。ママは出かける日、明日のお弁当と夕飯を同時進行で作り、お弁当を冷蔵庫に入れ、ご飯を食卓に並べると風のように出ていく。

「今日出るの？」

「うん。今日会食。終わったら食器下げといてね」

ママは週に二、三回夜出かける。週に二回は彼氏の家に泊まって、翌日そのまま会社に行き夕方帰ってくる。それ以外は友達か、仕事の会食だ。それでもなんだかんだで毎日夕飯とお弁当を作っているのはすごいことだ。実際、ママが彼氏と旅行に行き、何日かパパのお弁当を持たされた時は最悪だった。おかずは二種類冷凍唐揚げと卵焼きにしようとしたのであろうボソボソのスクランブルエッグ、ご飯の量が異様に多くて野菜要素は皆無《かいむ》。野菜が一ミリも入ってなかったと言うと、だって玲奈野菜嫌いでしょ、とパパが言うから、野菜食べなかったのは小さい頃だけだよ、と私は反論した。いつもは成長期なんだからと言われるとまたそれかとうんざりするけど、その時ばかりは私成長期なんですけど、と思った。

じゃあ行ってきますというママを見送り、一人でご飯を食べ終え食器を片付けているとパパが帰ってきた。ミオは？　出かけた？　と聞くパパにうんと頷くと、パパはそっかと言いながらご飯をよそい、味噌汁を温め直し始めた。テレビでYouTubeのラブドリの曲を流しながら、遊園地に行く日程について話し合っている学校の友達のグループと、来週日曜池袋で遊ばない？　と行く人を募る地元の友達のグループと、明日の放課後自習するー？　と明日の予定を確認するヨリヨリとセイラと三人のグループを行ったり来たりしながら、「なんかお母さんがお父さんとFaceTimeで喧嘩してる」と悲しげなメッセージを入れてきたミナミに何かあったの？　と送る。

遊園地の日程が全然まとまらなくて、結局LINEスケジュールの投票で決めようということになって誰がスケジュール作る？　私が作る！　あ、ごめん私もうスクリーンタイムで見れなくなるー、じゃあ私が！　私やるよ！　え、どっちがやる？　とごちゃごちゃしているグループと、池袋行くなら「不屈《ふくつ》リッキャーズ」見に行かない？　というランの提案に「行きたい行きたい」「えー俺リッキャーズ好きじゃない。」「てか私映画のお金ないかもー」と賛否両論巻き起こるグループの間を行き来していると、「わかんない。私ずっと部屋にいるから」とまたテンションの低いメッセージが入った。

「そっか、親が喧嘩してる時は過ぎ去るのを待つしかないよね」

実感を込めてそう言う。ママが不倫を始めた頃、ママとパパは連日喧嘩をしていた。離婚、信頼、家庭、子供、浮気、毎夜毎夜受験勉強をしている私の耳にはそんな言葉が聞こえてきて、朝起きるとテーブルの上にたくさんのお酒の空き缶や空き瓶が残されていた。パパが担当していたゴミ捨てや洗い物が放置されていたため家中がどこかゴミ臭く、ママが担当していた買い物や料理がずさんになり、大概《たいがい》冷蔵庫が空っぽ、おかずが一品とかデリバリーという日がどっと増えた。でも私の知らないところで彼らは協定でも結んだのか、不意に平和が戻ってきた。大人とか、恋愛っていうのは、不思議なものだ。離婚するのかなと思ってた時は不安で泣いたこともあったけど、公然とママの不倫が継続する内、何となく離婚はないような気がするし、したとしても自分は大丈夫なような気になっていた。

「日本にこなければよかった」

長押しで既読をつけずに読んだミナミからのＬＩＮＥに、何と返すべきか悩む。ミナミが転入してきたのは七月、期末テストがもうすぐという頃だった。帰国子女編入試験を年に数回設《もう》けているうちの学校には、しょっちゅう帰国子女たちがパラパラと入ってくる。英語以外にも四つの言語の特別授業があるし、英語圏からの帰国子女と英語入試で入った生徒向けにインテンシブクラスもある。かくいう私も、ママが帰国子女、ママのお姉さんがそのままアメリカに残って永住権をとり向こうで結婚子育てをしていて、夏になると学校を休まされ一人で二ヶ月もアメリカに送り込まれ、さらに向こうではいとこたちと共にサマーキャンプに放り込まれていたため英語が得意になり、英語入試で今の中学に入った。

風通しがいい学校だし、クラスメイトも部活の先輩後輩も皆大好きだけど、たまに英語で悪口や陰口を言って笑い合うような子たちがいて萎える。英語ができない子たちは何も気づかなくていいなとも思うけど、人の悪意が分からないのもそれはそれで嫌だなとも思う。この複雑な感情を、私は中学に入って初めて知った。

「私はミナミが日本に来てくれて、ミナミに会えて良かったよ。無理して話さなくてもいいけど、私で良ければ何でも話聞くからね」

ミナミが転入してきた時、北NYから来たと知った私は、伯母の家も北NYにあって私もよく遊びに行ってたんだと話しかけすぐに仲良くなった。初日にはヨリヨリとセイラと学校中を案内して回って、日本語が苦手なミナミのために自習時間は何人かで国語を教えてあげることもあるし、メイコは帰国子女入試で中一の頃漢字に苦労したと話していたことを思い出して効果的な漢字の記憶法を一緒に聞きに行ったり、普通に何か力になれることがあればしてきた。それでも、コロナのせいで唐突に生活を一変することになって、お父さんとか友達らと慌ただしい別れ、あるいは別れすらちゃんと言えなかったのかもしれないミナミの苦しみは、私には想像できない。

「ありがとね。玲奈だけが頼りだよ。でももう無理かもしれない」

カレンダーアプリと見比べながらLINEスケジュールの入力をしていると、ミナミからそんなメッセージが入った。

「明日インテンシブの後ちょっと話す？　大会前だから部活サボれなくてあんまり時間ないかもだけど。それかミナミも部活あるなら時間合わせて一緒に帰る？」

そう送ると、遊園地のためのLINEスケジュールを入力した。地元の友達たちのグループではもう映画には行かないという結論が出ていて、のんびりゲーセンとかカラオケで遊ぼうというノリになっていた。カラオケ密じゃね？　というミクの言葉に皆が「超密ｗｗ」「クラスター案件ｗｗ」「マスクして歌う？」「てか昼飯食うなら俺たちどうせ回し食べすんじゃん」「ま、この中の誰かからうつっても俺は文句言いませーん」「私もー。まー罹《かか》る時は罹る！」と答えている。私も「よな！」と返すけど、りゅうくんはたしかおじいちゃんおばあちゃんと一緒に暮らしてるはずだけど、大丈夫なんだろうかと心の奥底で思う。私はしょっちゅう会っていた母方の祖父母に、もう半年以上会っていないのを思い出す。

祖父母に会ってる時、何だか私はパパとママといる時とか、友達といる時とはちょっと違う自分になる。甘えられるというか、小さな子供でいられるような感じだ。多分それはママとパパが私に求めているものと、おじいちゃんおばあちゃんが私に求めているものが全然違うからなんだろう。なんてったって、祖父母にとって私は特別なのだ。伯母たちは二年に一度しか帰国しないから、私は気軽に会える唯一の孫なのだ。それなのに私が聞き分けのいい大人しい子だったら張り合いがないのだろう。彼らは「ねえねえポッキー買いにコンビニ行こうよ！」と夜ご飯の後に言ったり、仕事に行くおじいちゃんにお土産なにがいいと聞かれ、「美味しいイチゴタルト！」と言ったり、深夜の一時に「眠れないからここでおじいちゃんのｉＰａｄ見ててもいい？」と仕事をするおじいちゃんの隣でｉＰａｄを見たりすればするほど喜ぶのだ。ちょっと子供扱いが過ぎるなと思うし、友達と遊んでる方が楽しいのになとも思わなくはないけど、私にとって祖父母はたまのご褒美《ほうび》のような存在で、会えば会ったで幸せ色々買ってもらえるし何でも食べたいものを食べさせてくれる夢のような時間。私にとっても日常じゃなくて、特別なのだ。

　コロナ禍でも、日常は普通に続いた。休校になっても部活ができなくても祖父母に会えなくても、日常はなくならなかった。体育祭がなくなって文化祭が小指の爪くらいに縮小され、課外活動がなくなっても、日常だけは続いた。それは誕生日に喩《たと》えるなら、プレゼントのない誕生日、ケーキのない誕生日だ。いや、ケーキはあったけど、出されたのはイチゴも生クリームもないただのスポンジだった、みたいな感じだ。イベントがない、祖父母に会えない、わがままを言えない、ただただ延々続いていく学校と部活と家の繰り返しの中で、先生とコーチと親に管理される。私はこの半年以上の間祖父母に会わないことで、祖父母といる時の自分を失ったことが、それなりにこたえていることをここ最近特に痛感していた。あーおじいちゃんおばあちゃんと一緒にいる時の私になりたいなあ、っていう奇妙な希望を持ってる自分が少し悲しい。

ミナミからの返信が途切れたことを少し心配していたけれど、「Let's farm!」というチャットが入って、私は慌ててテレビを消すとBluetoothイヤホンを耳に嵌めながら自室に入った。「もしもしイーイー？　おつかれー！」「ただいまー。今日は谷の方を開拓しようか」「えー、ミッション重視でレベル上げない？　私早くレベル20に達して海辺開拓して漁に出たいんだよ」「あー前のとき言ってたね。じゃあそうしよう」。ベッドにねそべったまま、ちょうどいいレベルのミッションを次々クリアしていって、私はようやくレベル18になる。

「ねえイーイーってさ、コロナのことで帰国しようとか思わなかった？」

「まあ、最初は中国の方がずっと大変だったからね。日本で増え始めた頃、お母さんが不安だったら帰っておいでって言った。でも留学のお金出してもらったのに途中で帰るの嫌だし、私最初ね、笑うなよ？」

「笑わないよ」

「日本に来たばかりの頃、ホームシックになってずっと泣いてたんだよ。日本人は冷たい、目を合わさない、自分が消えたみたいって思った。最初はずっと帰りたかった。でもね、頑張《がんば》って良かった。初めてできた日本人の友達が申し込み手伝ってくれて、ラブドリのライブに行けた。今はたくさん友達がいる。大学の友達、友達の友達も、コンビニの仲間も大好き。店長の大川さんはちょっと嫌いだけどね。でもみんな大好き。レナレナにも会えた。だからね、まだ帰りたくない。コロナでちょっと大変になったし、大学も通えなくなったりしたけど、私たちはまだ諦められないよ」

「イーイーは偉いなあ」

「レナレナも偉いよ」

「どんなところが?」

「買い食いして、いっぱいご飯食べてる!」

なにそれ。と大きな声で言うと、イーイーはケラケラ笑った。本当は買い食いしちゃいけないんだよね、と前に話した時、買い食いってなに?　と聞かれたから教えてあげたのだ。そんな中学生しか使わないようなマイナーな言葉まで覚えて、まったくイーイーは偉い。

ホームルームぎりぎりの時間にやって来たミナミの顔色が悪くて心配してたけど、休み時間もお昼の時間にもミナミは教室からいなくなっていたから、話す機会がなかった。インテンシブクラスに出た後、さっさとクラスに戻ろうとするミナミを追いかけて一緒に行こうよと言うと、ミナミは怯え切った猫みたいに私に不安げな目を向けた。

「ＬＩＮＥの返信もなかったし、心配してたんだ」

「ごめん」

「ううん全然。ねえねえ、来週の英語の小テストじゃん？　ミナミ、部活ない日一緒に勉強しない？　ミナミが一緒なら心強いなって。確かに英語入試ではあったけどさ、何だかんだ、やっぱ帰国の子たちと一緒のクラスって無理あると思うんだよね。思わない？」

渡り廊下の途中でおどけた風に言うと、ミナミは立ち止まって窓に背をもたせるとじっと私を見つめた。

「あのね、誰にも言わないで欲しいんだけど」

「うん？」

「私、学校やめることになるかもしれない」

「え……」

「お父さん、リストラされたって。お母さんこの間バイト始めたけど、とても学費は払えないから」

「帰国するんだよね？　すぐに帰国してこっちで職探しすれば何とかなるんじゃない？」

「お父さん、向こうに住み続けるって」

「どうして？」

「お父さんは日本が嫌いなの。それに現地の会社に雇われてたから、向こうにいれば失業保険が出るんだって。失業保険もらいながら就職活動して、新しい仕事始めて、コロナが終わったら私たちを呼び戻したいって。ほんの少しの間だけだから、公立の学校に戻ってくれないかって。でも私編入まで一ヶ月公立の学校行ったんだけど、そこは学級崩壊《ほうかい》してて、全然授業してくれなかったし、もう戻りたくないの。別の公立に変えてもらえないか聞いてみるってお母さん言ってたけど、多分無理なんだよね？　ネットで調べたら難しいって書いてあった」

「何とか、ならないのかな。例えばどっちかのおじいちゃんおばあちゃんに、お父さんが新しい会社に入るまで学費払ってもらうとかは？」

「うちはそのへんが、complicated なの」

そっか、complicated か。呟きながら、私はあまりに唐突に突きつけられた友達の窮《きゅう》状《じょう》に混乱して、学費っていくらくらいなんだろう、ママに頼んだら出してくれないかな、いやそれはさすがにミナミが嫌か、なんかツイッターとかでたまに見る、手術のためのお金を募《つの》ったりしているクラウドファンディングとかはどうなんだろう、やっぱり学費のためにってことでは無理だろうか。まあ公立っていう選択肢があるなら公立行けばいいじゃんって皆思うだろうな。

「学校のことは仕方ないって思うの。でもお母さんとお父さんが喧嘩してるのが耐えられない。多分お父さんには恋人がいる」

「恋人って……恋人？」

「私たちが帰国した後、お父さんが別の女の人といるのを見たって、友達がメールしてきたの。一緒に暮らしてた時から、私も、多分お母さんもおかしいって思ってた。信じられないから、全部がチクチクしてる。家族を信じられないなんて、地獄だよ」

「でも、誤解かもしれないじゃん。それにもしそうだったとしても、何か理由があるのかも」

「もともと、お父さんはそこまでコロナ気にしてなかったのに、心配するお母さんに帰国したらって言ってたの、おかしいと思ってた。会社をリストラされたっていうのも嘘かもしれない。ママ離婚すればいいのに！　どうしてあんな人と別れないんだろう」

不信があまりにも飛躍《ひやく》し過ぎている気がしたけど、指摘はできなかった。そして、ミナミも家ではお母さんじゃなくてママって呼んでるんだなと分かって少し嬉しくなった。涙ぐむミナミの手を取ってぎゅっと握る。私にできることがあれば何でもしてあげたいけど、私は無力だった。そして部活の時間が迫っていることが気になっていた。

「ミナミはお父さんと二人でちゃんと話してるの?」

「帰国してすぐの頃は何度か話したけど、最近は話してない」

「一回、ちゃんと話してみたら? 今のミナミの気持ちとか、学校のこととか、ミナミと話せばお父さんもミナミのためにおじいちゃんおばあちゃんとの complicated な関係をどうにかしようって思ってくれるかもしれないし」

「うん。私もお父さんの顔が見たい」

こぼれるようにして出たミナミの正直な気持ちに、胸が苦しくなる。何でか分からないけど、日本で育った子たちは親に対してクサクサしている。ヨリヨリなんてその典型で、うちのお母さんババアオブババア、とか、お父さんの寝起きの臭いまじこの世の終わり、とかいう暴言を息をするように吐くし、お父さんは最近お姉ちゃんが相手してくれないから私に甘え始めたんだよまじ孤独と生きろって感じ、とか、お母さんはお父さんとお姉ちゃんに対する怒りをまとめて潰して団子にして私に「勉強しろ」って言葉にして投げつけてるんだよまあ私そんなん美味しく食っちゃうけどね、とか、辛辣《しんらつ》でありながら面白おかしくディスるから感心してしまう。何となく、ヨリヨリのそういう言葉を聞いてると、テレビに出ているような芸人とかお笑いを思い出す。内輪ウケの話で馬鹿話をして、最後にはみんな笑って終わり。多分あれが面白いと思うのは日本人だけで、内輪の安全な範囲でハメを外して皆で笑ってるようにしか見えなくて、何となく乗り切れないなと思う。だからアメリカに行って、いとこたちや伯父伯母、彼らのご近所さんや向こうで知り合った友達らと話すと、その日本のノリから離れられる解放感がある。でも同時に、今のミナミとかいとこたちに感じる、「信用を裏切ることを大罪《たいざい》と信じて疑わない感じ」とか、「家族はこうあるべきというキラキラした理想」みたいなものに触れると「それもなんかちょっと」とも思うのだ。日本にもアメリカにも何となーく乗り切れないから、いつかいろんな国に行ってみたいと思う。それでいつか「こういう感じいいじゃん！」と思えるところが見つかったら移住したいし、そこで「まじこんな感じ求めてた」っていう仕事に就いて「これこれ！」みたいな家族を作れたら最高だな。なんてぼんやりとした将来の夢を持っている。そういえば、この間担任の若槻先生に、「森山さんはあれとかそれとかこれとかこうとか、こそあどが多過ぎます」と注意されたけど、これとかあれとかこうとかそうとかそういうのが言葉にできないからこそあどを使っているのに、彼女にはその言葉にできない気持ちが分からないんだろうか。ということの方が疑問だ。でも考えてみれば、パパとかママも、この世に言葉にできないものなどなに一つないと言わんばかりの我が物顔でつらつらと言葉を口にして、私の浅はかな主張を破壊していく。大人には、表現できない気持ちなんてないんだろうか。

ミナミがようやく笑顔を見せると、私は慌ててクラスに戻って秒で着替えたけど体育館に走っていると中井先生に走るなと怒られたし、皆がストレッチをしているところに合流すると、「大会前だぞ！　気抜けてるんじゃないのか？」と怒られた。いや、何もないのに遅れるわけないじゃん。のっぴきならない事情があったから遅れてるんじゃん。そんなことも分からないのかこの脳筋《のうきん》野郎。頭の中で罵倒《ばとう》しながら不貞腐《ふてくさ》れていると、私の斜め前にいるヨリヨリが振り返って口をへの字にしてとぼけた顔をして見せた。クスクスと笑いながら、私はストレッチを続ける。誰かに何かを話したかったけど、誰に何を話したいのかよく分からなかった。

私は何とか友達が学校に残れるようにしてあげたいし、親とか周りの大人もそれを助けるべきだと思う。友達は帰国したばっかりでまだ日本語もちょっと弱いからフォローが必要だと思うし、今の学校には帰国生向けの補習もあるし、馴染んで皆と仲良くやってるのにまた転校なんて、絶対心に良くない。学級崩壊してるところに戻るなんて、しかも一回出て行った後に戻ったら色々いじられたりしつこく理由を聞かれるかもしれない。コンビニの隣にある神社の階段に座り込んだ私は、透明なプラスチックカップの中に詰め込まれた唐揚げを爪楊枝に刺してもぐもぐしながら言う。今から三十分休憩だからちょっと話す？　とコンビニを見て回る間憂鬱《ゆううつ》そうな顔をしていた私を誘ってくれたイーイーは「うーん」と唸った。

「確かにその子にとっては大変な時だね。バッドタイミングだよ。でも誰でも良い時があれば悪い時がある。それは当たり前のこと」

「そうかもしれないけど、自分とか周りの人の努力で、いい時は増やせるかもしれないじゃん。悪い時にはやられっぱなし、ただ耐えるだけなんて嫌じゃん。やっぱりみんな幸せが一番じゃん」

「もちろんそうだよ。でもどうにかならない時もあるよ」

「どうにかならないを、どうにかしたいんだよ」

ふーむ、と声優みたいな可愛い声を出してイーイーは少し考え込むような素ぶりを見せた。

「私の友達、シーハンていう子がいてね、その子コロナでお父さんが死んじゃったんだよ。泣いてたけど、お父さんからきょうだいたちにもコロナがうつってたみたいで、今は帰ってくるなって言われて、シーハンはお葬式に出られなかった。それに、コロナ患者だからお葬式も普通にできなかったって。私は一緒にいられるだけ一緒にいてあげた。それでお父さんが死んじゃって二週間経った時にね、そろそろちょっと気分転換に外に出ようよって、友達が教えてくれた、本場の中華食べれるお店、新宿三丁目にあってね、おいしいもの食べて元気出そうって二人で電車に乗って、あれ食べたいこれ食べたいって話してる時にね、目の前に立ってた男の人が「日本来んなよ」って小さな声で言ったの。小さな声だったけど私たちには聞こえたし、凍った。楽しく話してたのがストップ。そしたらその人、私たちが日本語分かるって分かったみたいで、どっか行っちゃった。泣きっ面に、蜂？　死ぬほど悲しいことの後に、死ぬほど嫌なことが起こった。私たちはそれでも美味しいご飯を食べたけどね」

「どうして話してくれなかったの？　そんなの、全然知らなかった。全然知らなくて、私たち若いしコロナなんて大丈夫でしょーとかイーイーに言っちゃってた気がする。どうして言ってくれなかったの？」

「私は心が泣いてても顔で笑う。そうしないと耐えられないんだよ。それに差別されてるって、レナレナに知られたくない。それは普通のこと。差別なんてしないレナレナに、差別の話なんてしたくない。本当は世界中の人が差別のことを知るべきかもしれない。でもね、差別された人がそれを話せるようになるまでは時間がかかる」

「ごめん。そうだよね。ごめん、私もなんて言っていいのか分からない」

「アメリカとかヨーロッパでは、アジア系が殴られたりしてた。日本人は陰湿だから言葉とか、視線で意地悪をする。暴力振るわれてたら帰ってたかもしれないけど、小さな声だったから、耐えられた。落ちたけど、泣かなかった」

イーイーの話を聞いている内に、何だかミナミの話が霞《かす》んできた。みんな、私が思ってるよりもずっとハードモードな日常を送っている。私はぬくぬくと生きてきたんだと実感する。家族がコロナで死ぬって、日本でも起こってることだって分かってはいても、ちょっと私にはよく分からない。でもそれはイーイーの友達の人生で本当に起こった出来事だ。世界がぐちゃぐちゃに乱れている気がした。コロナが始まった頃から少しずつ崩れてきていたものが、ここまで長引きに長引いて、ぐちゃぐちゃになっているのかもしれない。私はふと、おじいちゃんおばあちゃんに甘えていた自分のことを思い出す。今は死んでるとまでは言わなくても、仮死状態になってしまった特別な私、イチゴがたっぷり載ったキラキラショートケーキの私だ。いつまでもデコレーションされないパサパサのスポンジの中で気がつかない内に、私も少しずつ内側がぐちゃぐちゃになってきてるのかもしれない。

「大変な時はみんなあるよ。そういう時、周りの人が支えるのも大事。でも最後は自分の心が戦わないと。勝たなくても、戦う、だよ。あ、ヤバい。もう行かないと」

イーイーはそう言って立ち上がる。じゃあねと呟くと、頑張れと弾むように言ってイーイーはコンビニのバックヤードに戻って行った。

家に帰るとスポーツバッグとリュックをどさりと下ろす。ママはまだ帰っていなかった。ママがいないのを見て、私はママにさっきのイーイーの話をしたかったのだと気づく。でも、絶対にSNSで知らない人とやり取りしないように、と日常的に口を酸っぱくして注意して、友達と遊ぶ時に会ったことのない友達の友達も来ると言うだけでどんな人かと心配するママには、イーイーのことは話していなかった。お母さん的には当然なのかもしれないけど、SNS世代に青春を送っていなかった世代の心配は、どこかお門違いでちょっと重い。

リビングで制服を脱いでキャミソールとパンツ姿になると、下だけジャージを穿く。さっき食べた唐揚げはもう消えたように空腹感があって、冷蔵庫を開けて物色するとアロエヨーグルトを食べた。来週の大会に向けてHIITトレーニングでもしようかなと、部屋に入るとぐちゃぐちゃに服や漫画が散らばっている床に腕を這わせてわさっと物を一か所にまとめスペースを作る。

バーピージャンプ十回と十秒休憩、をスマホのタイマーを使ってこなしていく。久しぶりの大会だし、中学に入って二回目のスタメンだ。休校から始まった新学年で、部活も七月中旬まで始まらず、都大会も中止になって、何となくだらだらとルーチンをこなしているだけで過ぎていった部活だったけど、ジュニアカップの出場が決定してから部員たちの士気《しき》が上がっていくのが手に取るように分かった。出場は首都圏のみ、大規模な大会ではないけど、皆の気持ちを一つにしたいとキャプテンの松岡先輩が呼びかけたようで、三年生たちがぴえんキャラに似たフェルトのキモカワマスコットキーホルダーを部員全員分作ってくれて、皆でスポーツバッグにつけている。

人との連帯とか協調とか、仲間とか支え合いみたいな言葉が生理的に受けつけられないママに育てられたせいか、私はナチュラルに「人はみんな一人」的な考え方をしていたけど、小学校高学年で塾の先生や塾生たちと一緒に勉強をして、友達らの受験を応援し、一緒に喜んだり悲しんだりして、中学に入ってからは友達と苦手な教科を教え合ってきたし、何よりバスケで、人と人とが励まし合って鼓舞《こぶ》し合って、成長してこれたのを実感している。一人じゃ絶対にこなせなかった、仲間がいなければできなかったことを、私は部活でたくさん乗り越えてきたし、仲良しな友達じゃなくても、一緒に試合に勝つという目標を持って団結できる人たちがいるということに心強さを感じてきた。

ぜいぜい言いながら五セット目を終えたところで、バイブ音が鳴り響き、私は息切れしたままスマホをタップする。

「なに？」

「玲奈？　私だけど」

「うん。なに？」

「実は、彼氏がコロナ陽性になって」

「は？」

「彼氏がコロナ陽性。だから私もＰＣＲ受けなきゃいけなくなっちゃって。それで、今日からのことなんだけど……」

「は？」

「だから、私は濃厚接触者だからＰＣＲを受けなきゃいけないの。私がＰＣＲ陽性だったら玲奈も受けなきゃいけない。私は明日ＰＣＲの予約取ったのね。それで、検査結果は三日くらいで出るっていうから、それで陽性だったら玲奈もＰＣＲ。分かった？」

「私、どうするの？」

「ＰＣＲの結果が出るまで三日かかるから、それまではとりあえず学校休んで……」

「え、私日曜大会なんだけど！」

「学校には連絡しておくから」

「何て言うの？　私の彼氏がコロナ罹ったから娘を休ませますって言うの？」

「いや、私が感染の可能性があるから検査を受けるので、結果が出るまで娘を休ませます」

って、それだけ。そんな子結構いるでしょ？」

「いないよ！　そんなの聞いたことないよ！　どういうこと？　私大会出れないの？」

言いながら涙声になっていくのが分かった。ここまでやってきたこと、こなしてきたハードなメニュー、久しぶりの大会、それらが頭を過ったのは一瞬で、そんなことよりも！私は仕方ないけどさ！　もしママが陽性だったらこれまで私と濃厚接触してきた部員たちはどうなるの？　もしママが陽性だったら私の結果が出るのはいつ？　でももし陰性だったとしても数日後に発症する可能性だってなくはないんだよね？　みんなに何て言ったらいいの？　私のママの、仕事とかじゃなくて、不倫で？　みんなが心待ちにしてた大会が台無し？　いやそんなこと言えるわけないけど、それにしたって一応説明しなきゃいけないわけだし、てかママが陽性だった場合私いつまで学校休むの？　二週間？　ていうかもし大会出場停止なんかになったら、ただでさえ心苦しい思いをしながら皆に感染経路不明だとかあるいはママの会社で感染者が出たとか嘘をついて、これから高校に上がって卒業するまで誰にもその秘密を口外せず守り抜かなきゃいけないの？　卒業式の時、あの時はコロナに翻弄《ほんろう》されたよねーとかほんとレナレナのせいでさー、なんてみんなが冗談半分に私を茶化しながら、その横で私が固まっている様子が思い浮かぶ。そんなの荷が重すぎるしほぼほぼトラウマ案件じゃない？

「申し訳ないけど、玲奈の大会出場は多分無理だね。検査結果がめちゃくちゃ早く出たら出れるかもしれないけど。顧問の先生何て名前だっけ？　電話するよ」

なにこの人。なんでこんな人の気持ち無視してしれっとしてんの？　そもそも彼氏って、今更だけどその時点から「はあ？」なんですけど。

「あと、検査結果出るまで私自分の部屋で隔離するからね。ご飯とかそういうのはパパと二人で何とかして。一応後で家族が感染した場合のガイドライン送るから。まあどうせ玲奈も奏斗《かなと》も読まないだろうけど」

「パパは？」

「奏斗も今週いっぱい仕事はリモートにするって。私の結果次第で奏斗もＰＣＲだね。で、顧問は？」

「信じられない。大会とか学校とか、パパと私の生活全部めちゃくちゃにしてなんでそんなしれっとしてんの？　私がどれだけこの大会に賭けてたか、仲間たちとどれだけ頑張ってきたか、みんなが久しぶりの大会どれだけ楽しみにしてたか、よその男と遊んで濃厚接触したママのせいで全部ぶち壊されるかもしれないんだよ？　みんながママ一人の恋愛のせいで夢を壊されるかもしれないんだよ？」

「玲奈が陽性だったら大会出場停止になるかもね。そしたら玲奈もできるだけ早く自費で受けられるPCR受けといた方がいいのかも。言っとくけど、これは私の恋愛のせいじゃない。コロナのせいだよ。コロナは誰もが罹る可能性のあるウイルスで、感染経路不明な人が罹《り》患者《かんしゃ》の約半数を占めてる。彼氏だってどこからうつったのか分からない。彼氏も私も、仕事とか生活の中でできることはやってた。奏斗なんか電車でもマスクしないし、手洗わないことあるし、玲奈も手洗い忘れてることよくあるでしょ。私たちはスーパーでも電車でも徹底的にマスクして、帰宅したらすぐに手を洗ってた。彼氏はもう何ヶ月も大人数の飲み会は行ってないし、私よりも奏斗よりも外食の機会が少ない。それでも罹った」

　ママと彼氏がスーパーに行ったり、一緒に電車に乗ったりしてる様子がリアルに頭に浮かんで、何でこの人はこんなにも身勝手なことができるんだろうと今更だけど不思議な気分になる。

「でもママがその彼氏と付き合ってなきゃ、私はこんなことにならなかった！」

「それは結果論だよ。私が彼氏と付き合ってなきゃ私は別の経路から感染していた可能性もある。それで玲奈のもっと大切な行事とかイベントが台無しになってた可能性もある。普通に気をつけて生活してても罹るんだから、コロナはここまできたら単に確率の問題」

「彼氏が外食してないとか、大人数の飲み会してないとか、信用できるの？　ていうかママ先週ライブ行ってたじゃん。彼も一緒だったんでしょ？　その時に罹ったんじゃない？　できることはやってた、って何？　彼氏と遊び歩いてＰＣＲ受ける羽目になったんじゃん」

「彼氏の居場所はゼンリーで分かるから、嘘をつけばすぐに分かる。それに先週のライブは区のガイドラインに則った形で開催されてた。彼氏の感染者接触確認アプリも反応してない」

一年くらい前にゼンリー入れれば居場所が分かって安心だから、と言われて、居場所筒抜けってちょっと気持ち悪いなと思いながら渋々インストールしたけど、それは彼氏とメンヘラアプリをインストールしたついでだったのかと思いついてもう削除してやると心に決める。

「何より、お母さん誰からうつったの？　って聞かれたら、私はその度に嘘をつかなきゃいけない。もし大会出場停止になったりしたら、自分たちのチームの目標を奪った原因を、私は一人で抱えていかなきゃいけない。その重圧とか苦しみって、ママに分かる？」

「それは悪いと思ってる。私は別に彼氏が罹ったって言ってもらっても構わないけど、玲奈は嫌なんだよね？」

「死んでも嫌だよ！　それにそんなこと言いふらされたらパパがどんな気持ちになると思うの？　いい加減にしてよどうしてそんなに人の気持ちが分からないの？　どうしてそこまで人の気持ちに鈍感になれるの？」

「私は人の気持ちを鑑《かんが》みながら、それでも自分の気持ちを維持させていく道を模索し続けてる。その中で、これはアクシデント的に起こった一つの事象でしかない。起こったことには、ただ粛々《しゅくしゅく》と対応するしかない。玲奈にも、感情を排除して対応をして欲しい」

「おかしくない？　ママは恋愛感情を優先させて彼氏と付き合ってるんじゃん。どうして私には感情を排除しろって言えるの？　恋愛なら仕方ないって、誰が決めたの？　ママは私がスポーツをやることとか、仲間とか、チームメイトとか、ソウルメイト的なものを馬鹿にしてるけど、それだって大切な感情だよ。結局、ママは自分の嫌いなものを馬鹿みたいって排除して、自分が好きなものを尊重しろって言ってるだけじゃん」

「そんなことないよ。玲奈がバスケ頑張ってるのは心から応援してきたし、大会に出られないのは申し訳ないと思ってるし、私にできることはなんでもしようと思ってるよ。でもできないこともあるよねっていう話だよ」

「私は自分が応援されてるなんて感じたことは一度もない！　バスケの活動にはお金を出してくれてるし、ＤＡＺＮにも入ってくれたけど、私がチームメイトたちとお揃いでつけてるキーホルダー見て鼻で笑ってたし、この間矢田選手の引退会見の時、ママ何て言ったか覚えてる？　私が感動して泣いてる横で、小学生みたいなスピーチだね、日本のスポーツ選手ってどうして知性がないんだろう、って言ったんだよ？　あの時、永遠にママとは気持ちが通じ合わないって思ったよ。人が感動して泣いてるのに、知性がないとかよく言えるよね。ママってそういう意味で完全に共感の力が欠けてる。人を徹底的に傷つける存在だよ。売れない映画の配給してるママがさ、あんなに影響力のある、日本のバスケ界を切り開いてきた選手に何言っちゃってんのって。ママの大切なものを同じように大切だって思ってる人がどれだけいる？　ママが馬鹿にしてるスポーツ選手の方が、ママの会社の公式アカウントよりフォロワー十倍くらい多いよ？　影響力もないのに、人気もないのに、何見下してんのって感じ。そんなオワコンありがたがってる人たちってバカみたい。映画が全然当たらないから恋愛で憂《う》さ晴らししてるだけなんじゃないの？　憂さ晴らしに使った彼氏がコロナ陽性って、ざまあって感じ。でも私に迷惑かけないでよ！　何で私がママの彼氏のコロナで被害受けなきゃいけないの？　最低！　大っ嫌い！」

　ママに反論ができたという興奮の後に、結局全てを握り潰すみたいな言葉でめちゃくちゃに締めくくってしまった後悔が押し寄せる。そして罪悪感と自己嫌悪がどっと湧き上がって涙が出て私は惨めな思いに肩を震わせる。

「いかに趣味判断を乗り越えるかというのは、哲学が誕生した時から人類の命題で、簡単に答えが出るものじゃない。だからこそ、趣味判断をしてはならない、と言うことも、趣味判断をするべきだ、と言うことも、浅はかであるという印象しか与えない。私たちはいかにして趣味判断と付き合っていくべきなのか、その答えの出ない命題について思考し続けていくのが良心的な人類のあり方だよ。あなたには分かり合えない人々、自分の趣味に反する人々に対して、配慮《はいりよ》と尊敬の念を持って欲しいと思っているし、私もそうしてきたつもりだけど、確かに努力が足りなかったかもしれない。あなたが尊敬しているものを小馬鹿にしたことは謝る。でも、ああいう反知性主義的な存在が私にとって耐え難く、この世界を息苦しいものにしているという事実も、あなたには知っていて欲しい。ちなみに人からどれだけ人気があるかで物事を判断するのは思考停止が過ぎるしお話にならないから、どうしてお話にならないかは自分で考えなさい。最後に、恋愛っていうのはこの世に於いて最も批評が及ばない範疇《はんちゆう》のもの。善し悪しを判断するなんてもってのほか、誰かが誰かの恋愛に感想を漏らすだけで滑稽《こつけい》。それを知っているだけで、きっとあなたの知性は十％くらい向上する」

「訳わかんない！　何でママっていつもそうやって人をディスるみたいなことばっかり言うの？　高いところから人を嘲笑《あざわら》うみたいなことして楽しい？　あの会見みてた時みたい

に、なんだこのバカ、って見下して笑ってるんでしょ？　私の大会めちゃくちゃにしたくせに！　バカにしないでよ！」

「今タクシーで家に向かってるからあと十五分で帰宅する。奏斗が帰ったら三人でZoomして、私が籠《こ》もってる間の生活のことについて話そう。それで、顧問は誰なの？」

「……松永先生」

「分かった。じゃあね」

私の金切り声はママに受け止められることなく、かわされて切られた。五分ほどの通話時間の前と後で、完全に世界が変わってしまった。信じられない。信じられない！　胸の中で怒号《どごう》が響く。

「信じられない！」

誰かにこのママへの怒りを話したくて話したくて仕方なかったけど、誰にも話せなくて頭が爆発しそうになって、ベッドにうつ伏せになると声を上げて泣いた。

「レナレナ大丈夫ー？」「レナレナがお休みなんてびっくりだよ！　先生はっきり言わなかったけど、家族が感染とか？」「今は誰がコロナになっても仕方ない。みんなレナレナが戻ってくるの待ってるよ！」休み時間になるたび、クラスメイトたちから次々メッセージが届いたけど、私は憮然《ぶぜん》とし続けていた。いつもだったらすぐに返すＬＩＮＥを、全く返す気になれない。私はママの電話を受けてから、ずっとむすっとしている。確実にチームが大会出場できるようにするためにはどうしたらいいかママは顧問の先生に聞いたようで、私は昨日の夜ママが予約を取った病院にパパと一緒に行き、自費でＰＣＲを受けてきた。ママが受ける保健所は三日かかるらしいのに、何故かそこでは翌日には検査結果が分かるということで、これで私が陰性なら、私は無理だけどチームメイトたちの大会出場は問題ないということだった。でも窓口で検査料は二万円になりますと言われているのを見て、ラブドリのライブチケット四枚分……と震えた。めちゃくちゃ痛いＰＣＲ検査を経て帰宅すると、ママがZoomで私とパパを招集した。

ママはパパと私に次々自分がトイレやお風呂に入った後は消毒するようにとか、消毒液がどこにあるかとか、明日消毒液とかラテックスの手袋とかが宅配ボックスに届くから持ってきてとか色々指示を出して、最後に「あ、後で部屋の前にアクエリアスのペットボトル置いといてくれる?」と付け加えてパパが分かったと言うと通話を切った。私は憮然としながら、啞然ともしていた。この人この状況について一回でも謝った? 何度かは局所的に謝ったかもしれないけど、根本的なところは謝ってないよね? こんな状況になって全面的に謝らないいってどういうこと? でもこんな状況になってごめんなさい全て私のせいです！　って頭を下げるような人だったらそもそも公然不倫なんてしないんだろうな。

「そうなんだよーお母さんの知り合いに陽性者が出ちゃって。大会もあるし、めっちゃ練習してたのに」。友達らにはほとんどそんな感じのメッセージとスタンプで返信した。ヨリヨリだけが「えーお母さんの職場の人？」「何日で結果出るの？」としつこく食い下がってきて、何だか全てが辛くて無視した。

「玲奈のいないクラスは花が枯れたみたい。早く会いたい」

ミナミからのメッセージだけが、異彩を放っていた。例えばミナミや、お母さんの反対を押し切って文芸部に入部したようなセイラがママの娘だったら、彼らは仲良くできるのかもしれないし、お互いにお互いを唯一無二の母娘と思ってお互いを尊重しながら生きていくことができるのかもしれない。私は花が枯れたとかさらっと言えちゃうミナミに少しだけ嫉妬する。私は、ママと言語を共有していないと感じる。使ってる言葉が違う。特にママが饒舌《じょうぜつ》になる時ほど、私はママの言っていることが分からない。ママが私に伝えたいことがある時ほど、理解できないのだ。同じ日本人なのに、親子なのに、私たちは大切なものが違いすぎる。

「私もミナミに会いたい。お母さんに腹が立って爆発しそう。早く学校に行きたい。バスケもしたい。今、ミナミの気持ちがちゃんと分かった気がする。いろんなものから切り離されて、一人きりって気がする」

そう返信すると、私はスマホを放ってまた枕に顔を埋める。昨日からずっとこうだ。スマホを見て、突っ伏して泣く。それぱっかり。「今から保健所に行ってきます」。ママからパパと私で作っている三人のＬＩＮＥグループにメッセージが入って、すぐにパパが「了解」と返信した。私は既読スルー。しばらくすると、玄関の方で物音がして、ドアが閉まる音がした。何だかまたイライラが湧き上がってきて、私は戦いに挑むようにドアを開けてリビングに出ると冷蔵庫を開ける。昨日パパと一緒に買い込んできたすぐに食べれるものをあれこれ物色する。パパとのスーパーの買い物は多分二年ぶりくらいで、実はちょっと楽しかった。ママがスーパーで買うような野菜とか肉とか豆腐とか調味料とかじゃなくて、チョコにおかきにポテトチップにグミ、菓子パン惣菜パン、焼き鳥とんかつコロッケ、冷凍唐揚げ冷凍焼きおにぎりアイス、甘いシリアルハムソーセージゼリーカマンベールチーズカルピスコーラファンタ！　って感じだ。PayPay にいっぱい入金されてたから、私もパパも好きなものを好きなだけカゴに入れた。コーラと牛タン薫製《くんせい》、メロンパン、チーズを取り出すと部屋に戻ってむしゃむしゃ食べながら YouTube を見る。「けっ」て感じだ。ベタベタした手は舐めてジャージで拭いた。めちゃくちゃ悪いことをしたかった。でも私のする悪いことは油でベタついた手をジャージで拭くことかと思うとそれこそ「けっ」って感じだ。ゲリラファームを起動させて気の赴くままに陣取りミッションに参加するけど、レベルの低い私は軒並み負けていく。気分を変えたくて地元の友達らにＬＩＮＥを送るけど皆授業中だから返してこない。圧倒的に暇だった。

あ、夜寝れなくなるやつだ。起きた瞬間そう思った。スマホを見て、少なくとも四時から三時間は眠っていたことを知る。物音がして、目を擦りながらリビングに出ていくとパパがキッチンに立っていた。

「寝ちゃった」

「俺もなんかゴロゴロしちゃったよ。いま昨日買ったとんかつあったためてるからそれとご飯で食べよう。あ、そういやＬＩＮＥ見た？」

「見てない」

「玲奈は陰性だったって連絡があったってよ。よかったね。ミオも陰性なら来週から学校行けるよ」

「陰性でも私は大会出れないし」

本当は、チームが大会に出場できることを知って、身体中から力が抜けるように安心していた。それでも私はイラついている態度を取り続けなきゃいけないと、変な使命を感じていた。

「とんかつとご飯だけ?」

「なんかお湯に溶かすコーンスープあったけど、それ食べる?」

「うん食べる」

「キャベツってないのかな」

パパはそう言いながら野菜室を開けて四分の一キャベツを取り出し、あった、と呟く。ラップに包まれたキャベツを手に載せるパパが、何だか未知の物体を見るような顔をしていて思わず笑い声を上げる。

「玲奈、千切りする?」

「何、パパ千切りできないの?」

「まあ包丁でキャベツを切れないわけはないけど、うまくはできないんじゃないかな」

じゃあやってみよっかなと言いながらキャベツを受け取り、まな板に載せる。

「端の切り口は切り落とした方がいいんじゃない?」

「分かってるよー」

キャベツを切っていると、パパが「なんか指切りそうだな」「なんでそんなグラグラするの」「俺がやろうか?」と心配してくるから「できるよ」と突っぱねる。ママの千切りとは違うけど、まあまあ食べ応えのありそうな千切りキャベツができた。キャベツにとんかつ、コーンスープにご飯。という即席のご飯を食べながら、「パパとんかつばっか食べちゃわないでよ」とか「コーンスープ薄くない？」とか文句をこぼす。ママがいない生活ってこんな感じか。とふと思う。別に悪くない。ジャンクフードいっぱい食べれるし、お弁当は見栄えするように自分で冷凍食品を詰めればいい。結局ママっていうのはご飯と学校の責任者だ。その辺自分とパパで担えるなら、別にママがいなくたっていい。パパはスポーツをやることを応援してくれてるし、ちょっとズレてるけど言葉が通じないと感じたことはない。

「ねえパパ。パパはママが嫌にならないの？　こんなことになって、うざ、とかあり得ないとか思わないの？」

「思わないね。むしろ会社に行かなくて済んでラッキーだよ。非常事態感があって面白くない？　スーパーであんなに買い物したのも久しぶりだったし」

「まじ？　私はもう最悪なんだけど」

「大会出れなくなってラッキーとか、ちょっとホッとしたみたいなところはないの？」

「ないよ！　そのために頑張ってきたのに！」

「へえ。やっぱり玲奈はリア充だな」

何だか結局パパともあんまり理解し合える感じじゃない。でも何でだろう。パパに理解してもらえないのと、ママに理解してもらえないのはちょっと違う。パパに理解してもらえないのは「へー」て感じだけど、ママに理解してもらえないのは「心が半分焼け焦げた」みたいな感じだ。この感じを、ママも持ってるんだろうか。私のことを理解できなくて、自分のことを理解してもらえなくて心が半分焦げた感じを、持っているんだろうか。ご飯が食べ終わった頃、ママから「アクエリアス部屋の前に置いといてくれない?」とＬＩＮＥが入って、玲奈置いといてくれる?　と言われたから、パパがやってよ、と突っぱねる。


夜八時、ＬＩＮＥをほとんど無視してしまっていて、未読が五十件に達していてもう開く気になれずにいると、突然ＬＩＮＥ通話の着信音に設定しているラブドリの曲が鳴り響いた。掛けてきたのはヨリヨリで、うーん、でもなあ、うーんでも、いやでもなあ、と悩んだ挙句通話ボタンを押す。

「何だよレナレナー。返事ないから心配しちゃったじゃん」

「いやー、落ちちゃってさ。なんか何もする気になれないんだよ」

「私ら今レナレナんちの近くにいんだけどー」

「は？」

「駅前でマックしてるからおいでよー」

「は？　何で？　てか私らって誰？」

「ミナミ。ミナミがどうしてもレナレナに会いたいって言うから、私レナレナんち行ったことあるよっつって連れてきたの」

「てか、会えないよ。一応私は陰性だったけど、コロナ陽性の人の濃厚接触者の濃厚接触者だよ？　もし二人にうつしたら最悪だし」

「うちら家出組っすよ。コロナとか気にしてらんないっすよ」

「は？　家出？　何で？」

「レナレナ、私、ミナミ。私昨日お父さんと話したんだ。そしたらお母さんがそれ知ってすごく怒って、出てけって怒鳴られたの。だから出てきた」

「だからって……。ていうかミナミ、ヨリヨリに話したの？」

「うん。お昼休みに玲奈大丈夫かなって話しかけたらなんか話が尽きなくて、今日部活サボって、今までずっと話してたの」

「そっか、そうなんだね。あっ、ねえちょっとヨリヨリに代わってくれない？　あ、ヨリヨリ？　さっき私が陰性だったたって連絡がきたみたいだから、チームの大会出場は問題ないって。バスケ部のみんなに伝えてくれない？」

「ああ、なんかもうさっきグループで大会出場できるって回ってたよ。ま、私はベンチにも入んないから関係ないけど。てなわけで、私ら失うものはないわけだよ」

「だからって……。もし何かあっても責任取れないし」

「責任って、お前は大人か！　早くおいで！　マックね！」

ヨリヨリの浮かれた声と共に通話は切れた。多分、親が子供に付き合って欲しくない友達っていうのは、ヨリヨリみたいな子のことなんだろう。前にママに友達と撮った写真を見せた時に「前に話してた、悪い子ってどの子なの？」と聞かれたことがあって、「なに悪い子って……」と眉をひそめると「なんか、勉強しないとか、親のこと馬鹿にしてるとか、よく部活サボってる子の話してたじゃない」と言われてヨリヨリのことだと気づいた。友達のこと悪い子とか言わないでよと怒ると、「悪い子っていうのは便宜的に使った言葉だよ」と返された。直後に「べんい」で調べると「大便をしたい気持ち」としか出てこなくてママは一体何の話をしてたの？　誤魔化すために適当な言葉を使っただけ？　ともやもやしたけど、その後国語の教科書で「便宜《べんぎ》」に出会った瞬間「これか」となった。

迷いながら着替えをして、迷いながら髪の毛をとかして、迷いながらリュックを背負った。準備ができてしまった後、まあちょっとくらいバレないか、と開き直って、音をたてないよう気をつけて部屋を出ると、そろりと家を出た。

一日ぶりの外の空気に、皮膚が呼吸しているようだと思う。マスクをして手指消毒をしたけど、何となく自分が保菌者だったらと不安で、思わず辺りを見回してしまう。マックに着くと、私はポテトのMを注文してトレーを持って二階に上がった。

「レナレナ！　ほら来た！　言ったでしょー？」

「玲奈、会えて良かった」

二人にやいやい言われながら一緒のテーブルに座ると、何だか奪われた日常が戻った気がしてついつい頬が緩んでしまう。

「ほんともー最悪なんだけど。あ、二人ともマスクしてね。まじ最悪お母さんのせいでこんなことなって、どうしてくれんのって感じ」

「でもさ、そんなこと言ったらお母さん可哀想じゃない？　仕事の人が罹っちゃったんでしょ？」

「そうだよそれに今お母さんが罹っちゃったとしてもお母さんのせいってわけじゃないじゃん。全部コロナのせいじゃね？」

うーん、と言葉を濁して黙り込む。ママの不倫のことは小学生の頃からの親友のヒナにしか話したことがない。ヒナも何と言って良いのか分からないようだったし、私もどんな反応を期待していたのか自分でも分からなかったし、ちょっと微妙だった。もちろん話して楽になった部分もあったけど、誰かにバラされたら嫌だなと、一番信頼しているヒナに対してもどこかで少し不安になるところがあったし、信用が揺らいじゃう自分にも腹が立ったし、やっぱりもう二度と誰にも話すまいと心に決めたのだ。

「まあね。でもお母さん先週ライブとかにも行ってたし。気をつけてたって言ってるけど、全然普通に遊び歩いてたし」

「お母さん遊び歩くってどんなとこ遊びに行ってんの?」

「なんか、映画とか、ネイルとかも行くし、普通に飲みにも行くし、友達んち? 行ったりとか。週の半分は夜外に出てる感じだよ」

「いいなー。お母さんが夜家にいなかったらめっちゃ好き放題できんじゃん」

「玲奈のお母さんには、家以外の活動があるんだね。それはいいことだと思うよ。うちのお母さんも、アメリカにいた頃ボランティア活動始めてからすごく活き活きし始めた」

ミナミの言葉に、うちのママもボランティアなら良かったのにと残念な気持ちになる。

「二人ともいいなあ。うちのお母さん地縛霊《じばくれい》なんじゃないかと思うくらい家いるよ。家出るの買い物の時だけ。ずーっと家に張り付いて勉強勉強言い続ける妖怪みたい」

「ねえていうかさ、二人、親には何て言ってきたの？」

「何も言わなかった。さっき電源入れた時にお母さんからどこいるのってメールが入ってたから、帰らないって返して電源切った」

ミナミは軽く興奮して言った。こういう自分の感情があからさまに出てしまうあたりに、ママと似たものを感じる。それともこれは帰国子女によくある性格なのだろうか。

「ヨリヨリは？」

「まあ、私も朝喧嘩したんだよね。もう何が理由だったか覚えてない、プリント出さなかったとかお弁当入れっぱにしてたとかくらいくだらないことで言い争いになって。それでもう知らないこのクソガキみたいなこと言われて……」

「そんなこと言うの？　お母さん」

「まあ、そこまで言われるのは初めてかな。そんで、イライラすんなーレナレナに全部話そーって思って学校行ったらレナレナがいないわけさ。そんで今に至る」

「家から連絡は？」

「ずっと電源切ってたんだけど、さっきレナレナに電話する時電源入れたらお母さんからLINE入ってた。どこいんのって。で未読スルー」

「でもさ多分、このまま連絡しなかったら普通に考えて学校に連絡、からの警察に連絡、じゃない？」

二人は憂鬱そうな顔を見合わせた。

「連絡しなよ。ちょっと友達と話したいことがあるから遅くなるって。それだけ入れとけば警察に連絡することはないだろうから。二人とも大ごとになるのは嫌でしょ？」

確かに、入れとこうか、と二人は言い合ってスマホを起動させた。

「誰と一緒か聞かれたら、私と会ってたことがバレたら何か問題になるかもしれないから、私の名前は出さないで、ヨリヨリはミナミと、ミナミはヨリヨリとって答えなね」

二人ははーいと答え、素直にメッセージを打つ。二人とも即座に返事が返ってきて、母親という存在の情念《じょうねん》を感じる。

「まあさ、ちょっと息抜きして帰れば二人とも気持ちが楽になるだろうし、お母さんたちも頭冷やしてくれるかもよ」

「違うの。そういうんじゃなくて、本当に私は帰りたくないの。絶対に帰りたくない」

ミナミは、さっきの母親には家庭以外の生活があった方がいいと言った時の大人びた顔を、すっかり幼い子供のような顔に変えて言った。

「そんなこと言ったって、中学生が泊まれる場所なんてないし、夜を明かす場所もないよ。カラオケも夜は年確あるし」

「玲奈の家は？　お母さん部屋に閉じこもってるんでしょ？　何とか潜り込んで泊まらせてもらえない？」

「いや、お母さんのコロナ問題がなければ何とかできたかもしれないけど、今はさすがに無理だよ。もしそれで二人にうつっちゃったりしたら私が辛いし」

「じゃあ、私公園で寝る」

「じゃ私も。二人いれば何かあっても平気でしょ」

「ちょっとちょっと、冷静に考えてよ。制服姿の中学生が深夜の公園にいたら通報されるって」

この中で最も冷静で真っ当な思考回路を持っているのが自分であるという事実に、唐突に不安を感じる。ミナミは帰国したばかりということもあって世間知らずだし、ヨリヨリは豪快《ごうかい》で適当な性格のせいかあまり論理的な思考ができないのだ。

「でもさミナミ考えてみて。今日もしどこかで夜を明かすことができたとしても、明日の朝学校に行ったらきっとお母さんが来てると思うよ。学校にも家にも戻らずに放浪していくなんて無理でしょ？　私たちはもう何ていうか、状況的に詰んでるんだよ」

でも、私はどうしてこんなに達観しちゃってるんだ？　とも思う。どうして当てもなく先のことも全然考えないまま突っ走る、みたいなことができないんだ？

「いいの！　明日連れ戻されるんでもいい！　でも今日は帰りたくないの！　今日帰らなければ、納得できると思うの。私の気持ちも、ちゃんとお母さんに伝わる気がする」

「分かる！　示したいんだよ。私たちは本気だ！　って。じゃなきゃ伝わらないもん」

ミナミの言葉にヨリヨリが追い討ちをかける。

「じゃあ、家出は一晩だけでいいってこと？」

私の言葉に、ミナミは気持ちよく「うん」と答え、「私も明日になったら帰る！」とヨリヨリも同調する。

「すぐそこのコンビニでバイトしてる中国からの留学生の女の子がいてね、ちょいちょいゲームやったりして仲良くしてるんだけど、その子にちょっと、ミナミとヨリヨリを泊まらせられないか、聞いてみようか？」

「まじ？　お願い！」

「聞いてみるだけだよ。無理には頼めないから、本当に聞いてみるだけ」

はー、これが日本の非行少女ですか。神社にやって来たイーイーは、階段に座り込んでいる私たちを見て言った。

「駄目だよ。絶対に駄目。あなたたちは絶対にしちゃいけないことをしてる」

厳しい口調で言うイーイーに、私はどこかホッとしていた。二人は浮かれてたけど、やっぱり、中学生が初対面の人の家に行くのは危ないことだし、泊まるなんてもってのほかだ。イーイーにメッセージを送った瞬間から、正直私はずっと後悔し続けていた。どこにいるの？　と聞かれ、神社の境内にいると返信してからは、もしイーイーが二人を預かって、そんなことないと信じているけどもしもイーイーが本当は悪い人で何か事件に巻き込まれたりしたらと想像して、私は自分勝手な上に友達も信用できない最低な人間だと自己嫌悪にも陥っていた。イーイーを完全に信用しているはずなのに、私はどうして恐ろしい想像を繰り返してしまったのだろう。私は、どうしたら人を信用していると言えるのか分からないことに、心細さを感じていた。

「この中に、お父さんとお母さん、他の家族から暴力を受けている子はいる？」

ミナミが一番に、私とヨリヨリが続いて首を振った。

「家出をした理由は？」

イーイーの強い口調に押されたように「お母さんに出ていけって言われた」とミナミが小さな声で答え、「このクソガキって言われた。言葉の暴力だよ」とヨリヨリは苛立ちを見せた。イーイーが私を見たから、「私は家出してないよ」と首を振る。

「そこまでに色々あったんだって、私にも分かるよ。お母さんと娘はいつでもすれ違い。

好きに嫌い、嫌いに好きが混ざってる。いつでも話は聞く。でも今日は駄目。もう十時半。日本は安全だけど、絶対に安全じゃないよ。あなたたちを見たら分かる、いいものを食べさせてもらって、いいものを身につけさせてもらって、いい学校、いい友達を作る環境をもらってる。それだけで、あなたたちが家出をする理由なんてなくなるよ」

いつもラブドリとかゲームの話ばっかりしてたから、私はイーイーがこんなに大人だなんて知らなかった。「ほら今すぐお母さんに電話かけて、今から帰るって言いなさい」とイーイーは慌ただしいジェスチャーをして、「ほらほら濃厚接触者の濃厚接触者も帰りなさい」と一応会う前にと思ってお母さんの事情を説明していた私にも指示する。

「この子たち、最寄り駅はどこなの？　私送って行くよ」

「でも、そんなの悪いよ。イーイーバイト終わりで疲れてるでしょ？」

「中学生を今から一人で帰せるわけない。これは大人の役割ね」

ヨリヨリとミナミはお母さんに電話をかけ、しばらく話した後電話を切った。ミナミは目に涙を浮かべている。お母さんに泣かれたのかもしれない。ヨリヨリは憮然としたままだったけど、もう帰ることに異論はないようだった。

「スクリーンタイムでＬＩＮＥもう見れないから、帰ったらＳＭＳ送って」

「うん。ねえ玲奈、今日はありがとう。玲奈も辛い時なのに、いつも頼っちゃってごめん。

また学校でね」

「うん。お母さんが陰性なら、来週からは学校行けるから」

「待ってるよ。まじレナレナのいない学校はクソつまんないから」

クソという言葉に反応してイーイーが眉間に皺を寄せるから笑ってしまった。

「ごめんねイーイー、二人をお願い」

「いいよー。レナレナも気をつけて」

うんと言いながら背を向けると、私はマンションに向かって歩き出した。この駅前の神社から家までは五分程度で、そんな短い道のりも、いつもと何かが違う気がした。


家に帰った私は、そこがいつもと何にも変わらない普通の家であることにちょっと引く。ママはもちろん、パパも私がいないことには気づかなかったようだ。この二時間半の私にとっての冒険は、まるで異次元で起こったことのようにさえ感じる。冷蔵庫と食料棚を漁《あさ》ると、クッキー二枚入りを二袋、グミ、コーラ、ポップコーンの小袋を持って部屋に戻る。ベッドでボリボリ食べてると「今家に帰ったよ。イーイーさん、家まで十五分歩くって言ったらタクシーに乗りなって二千円貸してくれたんだけど、駅出たらママが待ってて、結局使わなかったから次玲奈に会った時返すね。電車でも色々話聞いてくれて、私の悪いところもちゃんと言ってくれて、ちょっと冷静になれた。また会いたいな」とミナミからSMSが入った。ほっとして、「おかえり。ゆっくり休んでね。イーイーとはまた今度、普通にまた四人で話そうよ」と返す。

　クッキーもグミもポップコーンも食べ切って、何だか暇すぎて腹筋三十回を五セット、腕立て三十回を三セットこなしてもヨリヨリから連絡がなくて、何だか私は少し不安になってくる。うちの最寄りからヨリヨリの最寄りまで、三十分弱だったはずだ。乗換案内で検索してみるけど、やっぱり乗車時間は二十六分になっている。一回しか行ったことはないけど、ヨリヨリの家は駅からそんなに遠くなかったはずだ。お母さんと大喧嘩とかになってるんだろうか。机の中からぷっちょを出して二つ食べて、更に腹筋と腕立てを二セットずつ繰り返したけどやっぱり連絡はこない。不安で部屋の中をうろうろした挙句、ヨリヨリに「大丈夫？　家ついた？　スマホ取り上げられたとか？」とSMSを入れるけど、返事がこない。落ち着かなくて、私はパパの部屋に行く。パパはモニターでつまらなそうな本の紹介番組を流しながら書類に向かっていた。ベッドに横になると、私はスマホを光らせてやっぱり連絡がきていないことを確認する。

「お腹すいたの？」

「もう夜のおやつは食べた。私見るとすぐに食べ物の話するの止めて」

パパは笑って、最近よく食べてるからさと言う。

「玲奈の少食を、小さい頃からミオはいつも心配してたんだよ。俺がご飯よそうと、多く盛ると量負けして食べられなくなるからほんのちょっとにしろとか、味噌汁にネギがたくさん入ってると飲まないから玲奈の味噌汁にはネギをほんのちょっとしか入れるなとか言われて。だから玲奈が食べるようになってからすごく嬉しそうで、玲奈が今日はこんなに食べた、こんなものも完食したとかいつも言ってて。玲奈がよく食べるようになってから、ノンフライヤーとか圧力鍋とかも買ったし、この間はホットサンドメーカーも買ってたよ」

「ふうん。でも私、そんな食べてたらそろそろヤバいと思うよ。なんか成長期もそろそろ終わりっぽい感じするし」

「まだまだ伸びるよ。お腹がすくってことは、それだけ体が必要としてるんだから」

「それ聞き飽きた。それでめっちゃ太ったらどうしてくれんの」

「俺もミオも太ってないから大丈夫だよ」

「はいはい」

「玲奈はミオのこと、怒ってるの?」

パパが振り返って聞くから、別にとスマホを見ながらベッドにゴロゴロする。

「罹患した人を責めるような風潮に与《くみ》しちゃ駄目だよ。コロナ差別なんて、馬鹿げてる」

「そういうことじゃないよ。どうしてパパはその辺割り切ってるの？　私はコロナが嫌なんじゃない。ママに彼氏がいるのが嫌なんだよ。パパは嫌じゃないの？」

「嫌だよ。でもミオにそれが必要なら、仕方ないことだよ。ミオと俺は生き方が違う」

「もし私がいなかったら、ママとパパはもう離婚してた？」

「もし玲奈がいなかったら、ママはもうとっくに死んでたかもしれないし、俺は今頃モロッコとかに住んでたかもしれないよ」

「何それ。意味わかんない」

パパはもう答えず、自分の言ったことにウケているのかニヤニヤしていた。大袈裟にため息をついた瞬間スマホが震えて私はパパの部屋を出る。ＳＭＳはヨリヨリからで、ほっとしつつ自分の部屋に戻って開く。「レナレナどうしよう。イーイーさんが送ってくれたんだけど、タクシー代渡してくれたところお母さんに見つかっちゃって、お母さん誤解してて大騒ぎして、警察が来ていま交番にいるの」。ギュインギュインと音がしそうなくらい頭が混乱して、私は視点が定まらなくなっていくのを感じる。どうしよう。イーイーは誘拐犯だと思われてるんだろうか。え、送ってただけなのに、何かの罪に問われるなんてことないよね？　私が紹介して知り合った人で、夜遅くて心配だから送ってくれたってことを、ヨリヨリはちゃんと警察の人に話したんだろうか、もし未成年者略取《りゃくしゅ》とかと勘違いされたら、イーイーが強制送還《そうかん》になったりする可能性はあるんだろうか。え、悪いことしてないのにさすがにそんなことないよね？　冷静にそう思う気持ちはあるのに、イーイーと友達が受けた差別の話が蘇《よみがえ》って、心をめちゃくちゃに引っ搔かれているような痛みが走る。私はまだ何が罪に問われる可能性があって、何が罪に問われる可能性がないのか分からない。そう気づいた瞬間、情けなさに泣き出していた。体を震わせてぼろぼろと涙を流しながら、部屋を出てリビングと繫がるママの部屋をガンガン叩く。勢いよくドアを押し開けた私を見て、デスクに向かっていたママは驚いた様子で振り返り、どうしたのと言いながら、慌ててバッグの中を漁ってマスクをつける。

「どうしよう！　ママ助けて！」

声を上げてドアの前に蹲《しゃが》み込み、泣きじゃくる私に歩み寄り、ママは私の頭を撫でた。

「何があったの？」

「イーイーが、近くのコンビニでバイトしてるイーイーっていう子が、中国人なんだけど、誘拐だと間違われて警察に連れて行かれたの。誘拐じゃないの。私の友達を、ヨリヨリを送って行ってくれただけなの。本当にイーイーは悪い人じゃない。友達なの。もうずっと友達なの。ミナミも送ってくれたの。ミナミとヨリヨリは家出してて、それで私に会いたいって言って、私も一緒にいたの」

ぐちゃぐちゃな頭の中がぐちゃぐちゃのまま出てくる。頭がショートしたみたいに熱くなっていて、ぽかぽかしている。どうしよう！　ともう一度叫んで、わんわん泣いてロクに話せないでいるとパパも部屋から出てきて、どうしたのと唖然とした様子で呟いた。

「奏斗、お水持ってきて」

ママに促されてソファに座り、パパが持ってきたペットボトルから水を一気に飲むと、少しずつ落ち着いてきて、涙を拭いながら私は順を追って説明していく。一年くらい前からイーイーという中国からの留学生と仲良くしていたこと、ヨリヨリとミナミがお母さんと喧嘩をして家出したこと、私を呼び出し、マックでダベっていたこと、イーイーの家に泊めてもらえないかと聞き、帰りなさいと説得されたこと、送ってくれたイーイーが、ヨリヨリのお母さんに見つかり、交番に連れて行かれたこと。ママはローテーブルの向こうに座りこみ、途中で何度か「それはどこで？」とか「誰が？」とかの質問を挟んだけれど、じっと聞いていてくれた。

「まあ大体のことは分かったよ。じゃあ、玲奈のスマホで依子ちゃんに電話を掛けて」

言われた通りに掛けるけど、ヨリヨリは出ない。出ないと言うと、「じゃあイーイーって子に」と言うから、私は言われるがままに電話を掛けるけどやっぱり出ない。仕方ないなと言って、ママはチェストの引き出しを漁り、ファイルを漁り、自分のスマホで電話を掛けた。相手は担任の若槻先生のようで、事情を説明してヨリヨリのお母さんの連絡先を知りたい旨《むね》を伝えた。一度電話を切ったあと、先生から電話が掛かってきて、ママは電話番号を書き留めた。すぐにヨリヨリのお母さんに電話を掛けたけど、やっぱり出ないようだった。その時私のスマホが鳴って、私は慌ててスマホを落としてしまう。ヨリヨリからだった。

「もしもしヨリヨリ?」

「うん。いままだ交番で」

貸しなさいと言われ、私は出かかる言葉を止めてスマホをママに渡した。

「玲奈の母です。依子ちゃん、まだ交番にいるの? お母さんは近くにいる? ちょっと電話代わってもらってもいい?」

森山玲奈の母ですと自己紹介をすると、ママは私の話したぐちゃぐちゃな内容をざっと五行くらいにまとめて伝えた。ママの話す内容と口調から、状況は特に深刻ではないことを悟る。なんか知らないけど、ママは笑って話してて、きっとその電話の向こうにいるイーイーも、きっといつものあの朗らかな笑顔でいるんだろうと想像したら、安堵でまた泣けてきた。私あんな大泣きして、わんわん泣いて、蹲《うずくま》っちゃったりして、ほんと何ていうか、間抜けだった。

「依子さんとイーイーさんに電話しても出なかったから、私若槻先生に電話しちゃって、馬鹿正直に南さんと依子さんが家出したこと話しちゃったんです。なので、もしかしたらそちらにもお電話がいくかもしれません。本当にすみません。いえ、こちらこそ、私がこんな時なのに申し訳ないです。皆さん、家に帰られたら手洗いをしっかりしてください」

ママはそう言って、イーイーさんにもよろしくお伝えくださいと言い残すと、電話を切った。

「大丈夫。最初は依子ちゃんが玲奈と会ってたこと隠そうとして、ちゃんと説明しなかったからお母さんも激昂《げきこう》して怒鳴りつけちゃったらしいんだけど、イーイーさんがきちんと説明してくれたって。電話がきた時には、イーイーさんとお母さんと依子ちゃんと警察の四人でお茶飲んで、警察の人がうちの子も大変だったんですよーって思い出話して、イーイーさんも私も子供の頃大変な子供だったたって話してたって。依子ちゃんは多分、玲奈と会ってたことをお母さんに話しちゃったことを謝ろうと思って電話掛けてきたのかもね」

私と会ってたことは隠しておいた方がいいなんて、私が言ったからだ。ヨリヨリにも、イーイーにも申し訳なかった。

「友達が困ってる時に、やり方は拙《つたな》くても何とかしてあげたいと思って行動できる子で良かった」

ママの顔を見つめて、自分のことを言われているのだと気づいて、小さく何度か頷く。

「私にはそういう青春はなかったし、そういう子たちに欺瞞《ぎまん》を感じて軽蔑してきたけど、玲奈を見てるとあなたが欺瞞なんかじゃなくてもっとバカ正直に行動してるのが分かる。玲奈を通して、これまで軽蔑してきた人たちのことを、私は認められるようになってきた気がする」

ママの言ってることはよく分からなかったけど、多分すごく偏《かたよ》った見方をしてたのが、私のおかげでちょっとましになったってことだろう。

「お腹は空いてない？」

「もうやめてよ。みんな私の顔を見るとお腹のことばっかり気にして」

「今日は私と濃厚接触しちゃったから、もし私が陽性なら、玲奈は今日から二週間学校に行けないよ」

「えー、まあもういいよ。覚悟決めたし」

「じゃあ早く寝なさい。歯磨きしてね」

はい、と呟くと、私はずっとグズグズしていた鼻をブンブンかんでリビングを出ていく。ほんと玲奈って嫌がらせかと思うくらい鼻かんだ後のティッシュ捨てないよな。結局騒動の間中でくの坊みたいにテーブルに座ってぼんやりしてたパパがしみじみ言う声が聞こえて、それにケラケラと笑うママの声が続いた。パパだって洗面台に落ちた髭とか全然掃除しないしトイレの便座上げっぱなしにするくせに。そう思いながら、私は歯磨きをした。

レナレナー！　校門を入ってすぐのところでヨリヨリとセイラとナツが待っていて、私を見つけると思い切り抱きついてきた。待ってたぞ！　まじ長かった二週間！　おかえりレナレナ！　勢いよく投げつけられる言葉がくすぐったい。結局、ママは陽性。家族が陽性だった場合のガイドラインに倣《なら》って、私は二週間の登校禁止。ママは微熱とちょっと怠いかなくらいの症状で済んで、私は登校前に二度目のＰＣＲを受けてからの登禁解除になった。数日前に顧問の松永先生から電話があって、もし戻ってきて体力が落ちてなければ準々決勝からスタメンで入ってもらうつもりだと言われたから、室内で可能な限りのＨＩＩＴトレーニングを繰り返していた。昨日部屋から出てきたママは元気だったけど、隔離生活に心を病んだのか、私を見るなり会いたかったと抱きついてきた。昨日の夜はペペロンチーノと煮込みハンバーグと春雨サラダという私の好物が並んで、マジで食い過ぎた。

ミナミは今年いっぱいで学校をやめ、公立の学校に編入することが決まった。でも、お母さんが区役所で掛け合ってくれたおかげで、前に通っていた学校ではなくて、帰国子女や外国人の受け入れの多い、日本語教育に力を入れている公立に行けることになったという。中学の場所を調べて、私たち定期でいくらでも帰りに寄れんじゃん、とヨリヨリと盛り上がった。ヨリヨリは相変わらず、お母さんとは日常的にぶつかっているようだ。

「あれ、レナレナちょっと会わない間にちっちゃくなったんじゃない？」

165センチのナツが私の頭に手を載せていつもの冗談を言う。

「なってないし！　私ガンガン伸びてるし！」

きゃっきゃと飛び跳ねて笑いながら校舎に向かっていく。二週間ぶりの学校は、まあいつもの学校だ。私がいない間にナツが早弁を怒られた話や、ヨリヨリが家出少女として先生の間でブラックリストに載っただの話を聞きながら下駄箱で靴を履き替えていると、「玲奈」とミナミに声を掛けられた。

「ミナミ！」

はにかむミナミを抱きしめると、思ったよりも強い力で抱きしめ返されて、何だか涙がでそうになる。

「おかえり。待ってたよ」

「私も。ミナミにずっと会いたかった」

ずっと抱きしめ合っていると、「ラブラブだなお前ら」とヨリヨリにどつかれた。普段は大人数とつるまないミナミも一緒に、今日は五人で購買に行く。クラスが学食から遠いため、お昼に絶対に食べ物を買いたい人は朝一でチケットを買っておくのだ。

「私今日お弁当ナポリタンだからポテト買おっと」

久しぶりのママのお弁当はナポリタンと唐揚げ、卵焼きとブロッコリーさつまいものサラダで、お腹がすいた時のためにとツナとしめじのホットサンドを持たされたけど、ホットサンドは部活後に残しておくから、お弁当にもう一品プラスしたかったのだ。

「私メロンパン買おっかなー」

そう言うヨリヨリに続いて「じゃあ私はクロワッサンにしよ」とミナミが言う。誰かがあれ買うこれ買うと言いだすとみんな我慢が利かなくなるもので、結局皆一枚ずつパンやお惣菜のチケットを買った。

「あ、そうだレナレナ、昨日ラブドリの武道館ライブ発表されたの見た?」

「見た見た！　ファンクラブ先行申し込むよ！　ヨリヨリ一緒に行く？　二枚申し込もうか？」

「行く！　来年になればお年玉入ってるはずだから行ける！」

「よしじゃあ二枚申し込む！　皆私たちのために祈ってて！」

はいはい、と笑われながら渡り廊下を歩いてクラスに向かう途中、三年生の集団が渡り廊下の端っこに固まっているのが見えて、そのうちの一人と目が合った瞬間モヤッと嫌な予感がする。家族が感染者になったことに、ナーバスになっていなかったと言えば嘘になる。バスケ部のみんなにはずっと申し訳ない気持ちでいたし、この登校初日自体が二週間の間ずっとどこかで憂鬱だった。私たちが近づくと、三年生四人が一斉に、下げていたマスクを鼻の上まで引き上げた。日本語でけたたましく喋っていた彼女たちが突然言葉を英語に変えたのが分かった。私たちの中で英語が分かるのは、私とミナミだけだ。嫌な感じ。そう思いながら通り過ぎる瞬間、“……positive for COVID-19”という言葉と、それに大袈裟に反応する声が聞こえてカッと顔が熱くなる。そうだよママはコロナ陽性だよしかも不倫相手からな。心の中で吐き捨てると、“Fuck off!”と隣から歌うような声がして、私はびっくりしてミナミを見つめる。背後に殺気を感じたけど、クスッと笑うミナミは可憐で、私は思わず声を上げて笑う。不思議そうに私たちを振り返る他の三人に「ううん何でもない」と言った瞬間鐘が鳴って、ヤバいヤバいとヨリヨリが私の背中を押す。走れー！と声を上げて、私たちはクラスに向かって走って行った。

オキシジェン……………………………真藤順丈

1

「欲しいものは?」

セッション室にジェントルマンの声が響きわたった。

「作業台に足りないものがあったら、なんでも仰《おつしや》ってください」

頭がぼんやりしていて、特に思いつかなかったし、車椅子《くるまいす》の車輪が固定されているので作業台にどんな道具が用意されているのかを見に行くこともできなかった。

他の被験者たちも注文はしない。手になじんだお気に入りの道具、作業に用いる道具はあらかた決まっているから。絵筆とカンヴァス、糊《のり》、鋏《はさみ》、レコーダー、コラージュの材料に使う雑誌や広告類。トキタニは紙とペンさえあればよかった。

「では、夜の部のセッションを始めましょう」

「お願いします」

「お願いします」

被験者たちが口々に言う。

「酸素を、送ります」

作業の前にかならず装着させられるベンチュリー・マスク、鼻腔《びこう》カニューレ、リザーバーつきのフェイス・マスク（加湿《かしつ》用《よう》の水バッグに〈グッドエア社〉のロゴが入っている）を通じて高濃度酸素が送りこまれてくる。おのおので吸入器が異なるのは、個人のコンディションと吸気流量に因《よ》っているという。トキタニは鼻腔カニューレだった。

疲労の回復、集中力の向上、眠気の除去《じょきょ》、組織代謝《たいしゃ》の活性化が謳《うた》われているプレーンな酸素だとわかった。アロマテラピー的な効果を見込んでいるのか、精油《せいゆ》でほのかに甘みのある香りづけがされている。車椅子の背もたれから少し上体を起こすと、トキタニは送られてくる酸素をゆっくりとした呼吸で肺に染みこませ、しばらくボーッとして効き目があらわれるのを待つ。他の被験者たちもおなじようにしていた。これまでに酸素バーやフィットネスクラブなどで酸素吸引を試したことはあったけど、グッドエア社の酸素はどんなフレーバーでも効果を感じられるのが馬鹿に早かった。

「お目覚めの酸素はいかがですか」

スピーカーからジェントルマンの声が訊《き》いてくる。

「供給させていただいたのは、皆さんの気持ちを落ち着かせ、血のめぐりをよくして、創造性を高めるわが社定番の酸素です。これより臨床《りんしょう》経過を観察しますので、皆さんはいつものようにご自身の選ばれた手段で、思うままに〈来たるべき未来〉を表現してください。これはアート・セッションです。平等で秩序正しい社会を描くもよし、ポップで薔薇《ばら》色の未来を創造するもよし。さもなくば、潜在的な脅威《きょうい》への警鐘《けいしょう》を鳴らすもよし……」

プラシーボ？　と初めのころは疑ってもいたが、ここの酸素を投与されるとたしかに躁《そう》っぽい意欲が湧《わ》いてきて、頭の中にわだかまる霧の粒のような言葉と意思がまとまった形に凝集《ぎょうしゅう》しはじめる。世の中の情勢がどうとか、理想の未来がどうとかにこれといって関心がないトキタニでも、いやいや、危機は〈今・ここ〉にあるじゃないか、想像力を駆使《くし》してなにがしかの問題を提起してやらねば、とアクティヴィストの文化人めいた使命感が首をもたげてくる。

　となるとこれはやっぱり、ただの酸素じゃないぞと投与されるたびに思いなおす。カニューレをふがっと鼻息で噴きだすほどに前向きでポジティヴな情熱が高まるわけでもないけど、なんて言うのかな、地球最後の海辺に佇《たたず》む灯台になったような粛然《しゅくぜん》たる心持ちで、たとえ一条の光でもいいから暗い海を照らさなくては、という静かな気概が熾火《おきび》のように胸の底で揺らめくのだ。

「はい。いかがですか、トキタニさん」被験者を順繰《じゅんぐ》りにめぐっていたジェントルマンの質問がトキタニに向けられる。一人ひとりに問いかけられる声は、車椅子に内蔵されたスピーカーから聞こえる。身近に聞くとことさらに紳士《ジェントル》ヴォイスだった。

「昨夜のセッションでも、トキタニさんはひとつ仕上げたばかりですが」

「あの、今夜の酸素もプレーンなやつ？」

「そうです」

「効きが、いつもよりもいいような」

「新たなものに着手できそうですか。焦《あせ》らなくてもかまいませんが、あなたが描出なさる未来のヴィジョンはとても興味深いので、われわれスタッフもみな期待しています」

「そりゃあ、やれと言われたらやりますよ。このセッションも報酬《ほうしゅう》に換算されてるわけだし。人体実験に身を捧《ささ》げたラットとしては回し車を走りつづけないと」

「身も蓋《ふた》もないお言葉をありがとうございます」ジェントルマンは棘《とげ》のあるジョークすらもあくまで紳士的に受け流した。「回し車に出口はありませんが、皆さんのセッションには終わりがやってきますので」

他の面々も始めている。病院の患者着と大差のないガウン型の作業衣をまとった男女が十数人。セッションとは名ばかりで、大概《たいがい》はどこまでも個人的な作業だ。

ちょきちょきと切れの悪い鋏を使っているコラージュ作家、ＩＣレコーダーに言葉を吹きこむ詩人、絵具を塗り重ねていく画家、原稿用紙やノートに向かい合っている者も少なくなかった。誰もがグッドエア社の酸素に賦活《ふかつ》されて、自己のばらばらになった欠片を再構築することに躍起《やっき》になっているように見えた。

傍目《はため》から見れば、何日も前に完成しているようにしか見えないものに要素を加えたり削ったりしている者もいる。例の治験《ちけん》の募集要項（――クリエイティヴィティ溢《あふ》れる男女／商業活動されているかどうか、プロアマは問いません）で集まった同類たちのなかでも、トキタニは多作の部類に入った。とはいえ、作品の完成がそのまま実験の出口になるわけではない。佳作《かさく》として選ばれて廊下に展示されるでもない。昼と夜に設けられたセッションの時間は、臨床経過を見るための実作業とも離れて、もっとずっと特別な自己検証の場のようになっていた。読者にそっぽを向かれて仕事が来なくなっていたトキタニと同様に、ここにいるのは多かれ少なかれ食いつめた表現者たちだ。自分たちが外の世界ではあえなく忘却《ぼうきやく》され、あべこべにこの施設では外の世界を忘れまいとあがいている皮肉にも、皆がどこかしら自覚的だった。

効き目が薄れてきたころに、再びカニューレから酸素を入れられて、セッションのあいだはたえず創作意欲を喚起《かんき》される。グッドエア社では疲労や集中力回復のみならず、動脈硬化や内耳《ないじ》疾患《しつかん》、心筋梗塞《こうそく》、麻痺《まひ》、二日酔い、認知症防止、ダイエットやアンチエイジングなど、医療系から生活習慣病改善にいたるまでの科学的な実効を認められた酸素を開発している。そこにきてクリエイティヴィティにまで裾野《すその》を広げてくるとは、二十一世紀の先端技術おそるべし。ある種のドーピングじゃないのかと思わなくもないが、血液や細胞にまで浸透《しんとう》する気体の効果にはあらがえなかった。

臨床記録としてどんなデータを見込めるのかはわからないが、ジェントルマンたちはいかなる表現方法であれ、セッションのお題目を〈未来像〉に限定していた。しかも、冒頭のアナウンスでそれとなく強調されていたように、純粋に豊かで自由な未来よりも、ひと皮剝《む》いたら監視や規制が骨組みとしてあり、消費社会のメタファーなどを含むような反《アンチ》ユートピア系の作品世界が歓迎される。その点において、アンモラルな暴力や犯罪、暗鬱《あんうつ》なSFなどを書き飛ばしてきたトキタニは期待されているようだ。施設に来てからおおよそ三週間が過ぎるが、初日から六日足らずでキチン質の外骨格をもった二足歩行の昆虫ロボットに人間社会が管理される話を仕上げた。バスティーユ監獄にいるつもりになって、退廃的な未来貴族の淫蕩《いんとう》を描いたものもセッションの成果として提出していた。

「なあ、どう思う?」

すぐそばでカンヴァスと向き合っているイシノに寄っていった。私語は禁じられていなかったし、オート制御の車椅子のロックは外されていた。

「知らん。さっさと仕上げちゃうから手持ち無沙汰《ぶさた》になるんじゃん」

酸素マスクの内側で、イシノは関心なさそうに声をくぐもらせた。

「おれの取り得は、手離れのよさだけなんだ」

「もっと推敲《すいこう》とかしなよ」

「だな、次からはそうするわ」

「なんもやってないとペナルティ食らうよ」

売れない兼業画家で、勤め先を馘首《クビ》になったので治験に応募したというイシノは、とりたててトキタニの好きな顔立ちというわけではなかったが、高濃度の酸素を吸ったあとだと質素な顔もひやりと透きとおった水仙の花のように可愛らしく見えた。髪型や化粧にまるっきり無頓着なところも好感を抱けた。イシノは参加してからずっと大きなカンヴァスに『ゲルニカ』風の油絵を描いていて、画《え》の右上に浮かんでいる崩《くず》れた月のような人間の首に、トキタニは感じるものがあった。

おりしもセッションの窓から見晴らせる人工のビーチは、月明かりでほのかに発光しているかのようだった。誰かが歩いたばかりなのか、波打ち際にぽつぽつと破線を残した足跡も、生と死の境界をなぞっていく轍《わだち》のように不吉なものに映った。

「すごい月だな、無気味なぐらいだ」

満月が、波のない海面に映りこんでいる。

ホルマリン漬けにされていたような、蒼々《そうそう》たるブルームーンだった。

夜の心臓もさながらにどくどくと拍動《はくどう》しているように見えるのも、銀箔《ぎんぱく》をまぶしたように見えるのも、酸素の影響でトキタニの瞳孔《どうこう》が開いているからだろうか。終末を告げる悪しき預言者のようでもあって、クモヒトデのようなティコ・クレーターですら今なら鏡に映った自分の面皰《にきび》のように、言葉の指先だけで矯《た》めつ眇《すが》めつすることができそうだった。

とめどなく言葉が湧いてくる。これは降りてきたってやつだ。その証拠にトキタニの右瞼《まぶた》がひくひくと不随意《ふずいい》痙攣《けいれん》を起こしている。モチーフが見つかった礼を言うとイシノの陣地から離れ、らせん綴《と》じのノートにペンを走らせて冒頭の一行から書きつけていく。題材さえしっかりと見据えておけば、深い森のなかで藪漕《やぶこ》ぎでもするようにトキタニはがしがしと書いていけた。

酸素が効いているうちに、と前のめりな焦燥感すらおぼえる。セッションが終わってしまえば効果は薄《うす》れて、この瞬間に芽生えた意欲も減衰《げんすい》し、孵《かえ》せるはずの〝卵〟も孵せなくなりかねないからだ。

消灯前にはさらに水溶性の錠剤《じょうざい》も飲まされる。酸素ときて錠剤、つくづく薬漬けにされているようでうんざりしなくもない（が、ありつける報酬に目の眩《くら》んだ被験者としては文句も言えなかった）。細かな泡《あぶく》を放ちながら輪郭を崩し、コップの水を濁らせながら溶けていく錠剤とともに、トキタニ自身もぼやけていく。

混濁をもたらす白い粒は、海面でおぼつかなく揺れる月ともよく似ていた。

多くの者たちが、すでに知っている話なのかもしれない。

語り起こされることがすべてではなく、概《おおむ》ねは完全な虚構とも言えないからだ。

時代は二〇三〇年代の初頭——恐ろしく不可解な病気が流行する。月禍《げっか》症、ゲッカ、とのちに呼ばれる奇病にわが国で最初に感染したのは、五歳の子どもがいる埼玉在住の専業主婦だった。病院に来たときには手遅れといってよく、黒ずんだカビか細菌の繁殖《はんしょく》らしきものに半身を覆いつくされて、その母親が腫瘍《しゆよう》を診せに来たのか、腫瘍が母親を診せに来たのかわからない有り様だった。

たいていの場合、ゲッカは皮膚病として始まった。

暗黒斑《あんこくはん》と呼ばれる斑点がぽつぽつと現われ、たちまち進行してえらいことになる。斑《まだら》な染みは膿疱《のうほう》となって盛り上がり、皮下組織に食いこんで陥没《かんぼつ》し、罹患者の皮膚はあたかも月面のような様相を呈《てい》する。雲の海、雨の海、豊穣《ほうじよう》の海、ティコ・クレーターやコペルニクス・クレーター、アリスタルコス・クレーターが寄ってたかって人ひとりの体に出現するかのように、黒く爛《ただ》れた腫瘍が荒々しく肌を食いつくしていくのだ。

あまりにも正体不明で、あまりにも恐ろしかった。黒い膿疱はカビや細菌の繁殖ではなく未知の〝何か〟だった。地球温暖化による海面上昇、気候変動によって観測史上の最高気温を更新しつづけていて、四十度超えの日が年の三分の一を占める地球規模の猛暑《もうしよ》が引き起こした凶暴な事態だと誰もが見なしたがった。

だから言わんこっちゃない、と環境保護の活動家たちは声明を発表した。奇怪なパニックは出来《しゆつたい》していた。ゲッカが人獣共通感染症とわかったのは、わずか一週間足らずで三千人の罹患者が報告されたからだ。その四分の一は医療関係者だった。感染者たちの多くは腫瘍の拡がりに伴う激痛で身動きが取れなくなり、症状の重い者は一ケ月ほどで昏睡《こんすい》状態に陥った。死亡者も出ていたが、それは痛みによる心臓麻痺や合併症に因るもので、ゲッカそのものはインフルエンザやSARSやCOVID-19よりも人を殺さず、ひたすら黒く膿《う》みふくれた肉の塊《かたま》りへと変えていく。医師や研究者たちは組織立って互いに所見を送りあい、製薬会社はワクチンや治療薬の開発を急いだが、第一線の碩学《せきがく》たちをもってしても感染経路を特定しきれず、いつまでたっても合理的な解明がままならなかった。

わけのわからないことだらけだった。日を追うごとにゲッカ固有の現象がつぎつぎと報道されていった。たとえば（i）感染者と身近に接していても確実に感染するわけではなく、かと思えば十メートルほど離れたところにいた者への飛沫感染が確認されたりする。（ii）唇や舌を腫瘍に食いちぎられていなくても、重篤《じゅうとく》な者たちの多くがしゃべるのを止めて意思表示をしなくなる。（iii）概日《がいじつ》リズムが崩れる傾向があり、睡眠障害や夜間の徘《はい》徊《かい》などが多く報告される。（iv）発症者の生体電気信号に微細な変化が見られ、これによって引きつけ合うのか、発症者同士はみだりに群れたがる。たがいにコミュニケーションを取るわけでもなく、ただ群れて徘徊したがる。（v）止めようとするとひどく暴れる。家族や友人に対しても人格が変わったように攻撃的になる。（vi）この時点でめちゃくちゃや怖い。（vii）糞《くそ》を漏《も》らすほど怖い。（viii）あたかも月に多頭飼いされた犬のように群れたがり、人ならざるものに変容していく感染者の特徴を指して、このころから一部のメディアが病と月とを紐づけるようになり、ゲッカ、月禍症という病名が定着していった。やがて体毛が濃くなって、牙や爪が生えてきて非感染者を襲う……というのは妄想のこじれたデマに過ぎなくても、徘徊する感染者の群れのなかには、月に向かって奇怪な叫び声を上げる者もいたと報告がなされていた。

改定された感染症対策特措法にもとづいて都市封鎖《ロックダウン》も行なわれたが、すでに感染者のほうが政令を聞き入れられる状態ではなくなっていた。

発症者集団の移動によって感染経路を追えなくなり、爆発的な感染の拡がりによって全国の感染者数はあっというまに十万人を超えたが、あくる年からは右肩下がりに漸減《ぜんげん》し、新規感染者も年間で二百人ほどにとどまるようになる。なぜか？　感染者自体が命を落としていったからだ。

二〇三二年、アメリカ合衆国や中華人民共和国につづいてゲッカの制圧を宣言した日本政府の強制隔離政策が、感染者たちを封じ殺したのである――

2

「では、酸素の供給を始めます」

スピーカーからジェントルマンの声が聞こえて、マスクを通じて高濃度の酸素が投与される。普段と違うフレーバーのものも混ざっているような気がした。

ほどなくしてトキタニに既視感のある変化があらわれる。冷めてもいないが、熱くなりすぎてもいない。情熱の殻をかぶった諦念《ていねん》や絶望を、壊れもののように慎重にあつかいながら、創作の衝動に引っぱられていくこの感覚も——あるいはグッドエア社の酸素のカクテルによって創られているものなのだろうか。

「エンジンがかかってきたようですね、トキタニさん」ジェントルマンが個人スピーカー越しに言った。「感染症やロックダウンというと、現代人にとってはきわめて生々しい話題ですから、身につまされる迫力があります」

「われながらイキりすぎというか、凄《すご》みすぎな気がしますけど」

「どしどし凄みましょう。月をモチーフにしたのも大変にユニークですよ」

「今日もプレーンなやつ？　なんかいつもと違うような」

「おなじですよ。どうです、効いてきましたか」

「ああ……そうね、来てるかも」

「ここからは政府の動きにも描写を割いてみませんか。この世界に誰か一人、中心となる登場人物を投じてもいいかもしれない。管理と統制に向かう時代の中で、その人物は何を見てどう生きていくか。感染者の家族でも、医療従事者でも、強制隔離を行なう体制側の官吏《かんり》でもいい。あるいはその群像か」

「あんたってうるさ型の編集者みたいですね」

「というよりユーザーですよ。熱心な読者の声と思っていただけたら」

「……読者ねえ。読者なら、外の世界でもっと欲しかった」

「私だけじゃありませんよ、あなたの創りだす未来を体験しているのは」

うらぶれた落伍《らくご》感《かん》とともに、ひとすくいの安堵もあった。水が低きに流れるように、来るべきところに来て、書くべきものを書いているという実感があった。ここには選択の余地もなく、強い意志や決断を求められることもない。海辺の療養所という趣《おもむ》きの研究施設は過ごしやすいし、昼と夜のセッション以外には自由時間もある。そっけないとはいえ三食はまかなわれるし、ゲームやＤＶＤ鑑賞などの娯楽《ごらく》もある。チャンネル制限はあるがテレビも観られる。酸素の治験という滞在の目的上、飲酒や喫煙は禁じられているが、もともとトキタニは酒を嗜《たしな》まなかったし、プライヴァシーの乏しい共同生活も苦痛というほどではなかった。

唯一、本を読めないのだけは不満だった。アート・セッションの臨床観察において、外部からのアトランダムな過干渉はデータ収集の弊害《へいがい》になるという理屈らしい。霊　感《インスピレーション》の源はグッドエア社の酸素だけで充分というわけで、だからトキタニはここに来てから参考文献の一冊も読めていなかった。

「専門知識のリサーチが必要であれば言ってください。こちらで随時、適切とおぼしい資料を用意しますので」

それでは今夜も張りきってどうぞ、というわけでトキタニはその日も『The Dark Side Of The Moon（仮）』と題した物語（ワーキング・タイトルなのでピンク・フロイド『狂気』の原題から借りてきた）のつづきを書いては消し、消しては書いてを繰り返す。ジェントルマンの指摘をありがたく受け入れて、物語にヒロインを迎え入れることにする。感染の拡大期に、父親のいない子を産んだシングル・マザーだ。

仮に〝Ｉ〟と命名する。

本人の承認も得ないで、視界に入ったイシノを人物造形のモデルにしたのは秘密だ。

この子を産んだのは失敗だった。こんな時代に、こんな母親の元で――

と、Iは語りだす。ゆきずりの男との子を実家で育てていたが、暗黒斑が出たことで自身がゲッカに感染したことに気がつき、ある未明《みめい》、愛情を抱けずに持てあましていたわが子を両親に託《たく》して彼女も出奔《しゅっぽん》してしまう。

そこからIは、ゲッカの感染者であることを隠しながら（なぜかIの症状の進行は遅かった）、腸チフスのメアリーばりに職を転々として、一夜の恋人（男女問わず）の家で朝を迎え、感染者のコミューンや隔離施設にも出入りしながら、ゲッカに揺れるこの国の真ん中を貫くように生きていく――というところまで詰めていって、よしよし、トキタニはこの主人公を気に入ることができた。イシノに話したら怒りだしそうだけどね。

旅立ちの朝、ベビーベッドで眠るわが子のふわふわの頬っぺたを、感染を恐れて突っつくこともできず……と没頭して書いていて、なにげなくイシノに目を向けると絵筆をふるっていなかった。ふて腐《くさ》れたような面持ちで、車椅子の座面に両足を載せて、双子のわが子のように両膝をきつく抱えこんでいる。

「気づかないわけ、トキタニは」

話しかけるとイシノは不機嫌そうに声をくぐもらせた。私憤や不信の上に脆《もろ》そうな無表情を張りつけている。

「何を」

「聞こえないでしょう」

「何が」

「詩が」

「あ、そういえば」

「だから気分が乗らなくて」

「ゴヤさん、どうした？」

「独房行きだよ」

「マジか」

長大な一篇の詩『すばらしき王国で』を書きつづっては吟じていたゴヤさんは六十代後半の面倒見のよい男で、野放図に白髯《はくぜん》をたくわえ、目は充血して爛々《らんらん》と輝いていた。おなじ大作派のイシノは特に親しくしていて、芸術全般に目の肥《こ》えたゴヤさんからよく画《え》の示唆《サジェスチヨン》をもらっていた。

よせばいいのに、ゴヤさんはしばしばスタッフと揉《も》めていた。みだりに長くひとつの作品に取り組んでいると警告され、それでも次に行かないとペナルティが与えられる。たとえ本人にとっては畢生《ひっせい》のライフワークでも、スタッフ側にはいたずらに作業を引き延ばしてセッションにあるべき創造性を遅滞させているように映るのだ。

あまりに〈来たるべき未来〉から離れたものを手がけたり、酸素を拒んだり、ジェントルマンの指示に背いたりしてもペナルティ。着席を義務づけられた車椅子（臨床実験において適切な身体条件を保つため）から立ち上がって勝手に歩きまわってもペナルティ。これらの罰則に触れることばかりしていたゴヤさんは、被験者の間では〝独房〟で通っているリラクゼーション室に連れていかれてしまったらしい。

ジェントルマンの説明によれば、リラクゼーション室で頭を冷やした本人と話しあい、別の臨床実験へと移ってもらうか、これまでの日数分を精算して治験終了とし、帰宅してもらっているというが本当のところはわからない。独房に送られた者はこれまでに何人かいたが、戻ってきた者は一人もいなかったから。

「最近のゴヤさん、かなりグレてたじゃん」とイシノが言った。「隠喩《いんゆ》みたいにしてこの批判なんかも詩に書いてたらしい。このあいだも酸素マスクを無理やり引っぺがそうとしてスタッフに取り押さえられてたし。ゴヤさんぐらいの人は好きにさせてやったらいいのに、わたしまでムカついてしょうがないよ」

「おいおい、この会話もモニターされてるんだぞ」

「はい、そのとおり」そこでジェントルマンが割りこんできた。「セッションの仲間が急にいなくなれば動揺してもしかたない。たしかにゴヤさんからは苦情もいただいていましたが、これ以上の身勝手な振舞いはセッション全体に支障を来たすおそれがあったので別室に移ってもらいました。ご高齢でもあったので、おそらくお引き取りを願うことになるでしょう。イシノさん、手が止まっていますね」

「今夜は、乗らなくて」

「ゴヤさんが去ったことを嘆かれている。トキタニさんも?」

「おれ? おれもまあ、それなりには……」

「われわれ管理側への怒りをおぼえますか。それは自分の親を殺された怒りを十段階の十としたら、どのぐらいの怒りでしょう?」

「わたしたちの感情まで数値《データ》にしようっていうんですか」

「お二人とも、被験の身にあることをお忘れなきように」

ジェントルマンがそう告げると、マスクやカニューレから酸素が投与された。柑橘系とサンダルウッドが混ざったような香りづけ。ただの濃度の高い酸素ではない、おそらくグッドエア社で開発中の化学物質が溶けている。たちまち心拍数が下がり、するりと心臓の裏側を撫《な》ぜられたように昂《たか》ぶる感情が鎮まっていくのがわかった。人間としてのありようを逆撫でされたようで、そこはかとなく苦い不快感がくすぶっていたが、トキタニは車椅子を漕《こ》いで自分の作業に戻った。イシノもいそいそとカンヴァスに向かいはじめた。

過吸引とでもいおうか、ちょっと酸素を吸いすぎているような気もしていたが、車椅子への着席と同様に義務づけられている酸素マスクやカニューレの装着は、管制室の制御によってロックされているので自分では外すことができない。

それでもこのほうがいい、とトキタニが感じるようにイシノは感じていないのか？　酸素によって気持ちを平常に保ってもらえるほうがいい。そのほうが作業も捗《はかど》るし。形のさだまらない悲憤《ひふん》や憐《あわ》れみに悶々《もんもん》と苦しめられる必要がないぶん、このほうが気持ちも楽じゃないか、それなのに――

再びノートにＩの物語を書きはじめたが、片時とはいえ乱れた感情がどこかで尾を引いていて、その日のセッションではわが子との別れの先の風景にＩを進めてやることができなかった。ディテールに拘泥《こうでい》しすぎて。ぼろぼろとＩがこぼす涙の滴《しずく》が映しこむ、濡《ぬ》れた月まで細密に描写してしまって。

3

さかのぼること二〇二〇年代からナショナリズムやポピュリズムを貪欲《どんよく》に呑みこむことで支持者も議席数も増やしていた政権与党は、歯止めのきかない人口の激減や少子高齢化、ふくれあがる財政赤字、差別や格差構造の悪化、マスメディアの大本営発表化、と坂道を転がり落ちるように劣化・退化・老化していくこの島国の歴史において、たてつづけに重大な局面を迎えることになった。

そのひとつが月禍症の感染爆発であり、そしてもうひとつが〝かならず起こる〟と予言されていた南海トラフ巨大地震だった。二〇三一年の四月に発生した関東大震災はマグニチュード9・3。襲いくる巨大津波、壊滅状態に陥るインフラ、地獄の蓋を開けたように燃えさかる市街地、避難所でさらに蔓延《まんえん》する感染症——被災による直接の死者だけで一七万人、感染症に起因する者も含めれば二七万人、経済損失は五五〇兆円にも上った。もはや復興は不可能とうなだれる国民を前にして保守政治家たちは、類を見ない史上最悪の国難に臨《のぞ》むべく〝挙国一致〟を旨とする政策を次々と謳《うた》いあげた。

「この空前の震災被害に打ち克《か》ち、わが国を立て直さなくてはならぬときに、真夜中にさまよう恐ろしい病原菌に咬みつかれてはたまりません」

復興十年計画の名のもとに、時の宰相が記者会見の場でゲッカの感染者を〝病原菌〟呼ばわりしたのを皮切りとして、すでに形骸化していた日本国憲法の〝暫定的〟な停止が宣言された。涯《はて》の知れない国家の緊急事態においては一部の人権停止、そして全体主義性はむしろ有効だという国際的な世論も高まりを見せる。反体制運動家や人権団体によるデモや抗議集会が組織されるも、議員や右派ジャーナリストのＳＮＳでの犬笛によって大動員をかけられた市井のヴィジランティストに見るも無残に蹴散《けち》らされる。むしろ頻発する騒ぎの抑制を大義名分として警察国家化が進み、復活した内務省はメディアの統制や検閲《けんえつ》をより強固なものとして、配置された衛生指導員たちは〝一時保護〟の名目のもとにゲッカの感染者たちを全国八ケ所にある隔離地域の強制収容施設へと放りこんでいった。

かくして事実上の、一党独裁政権が誕生して――

ゲッカの感染者は、その餌食《えじき》となる。

独裁のボイラーを焚《た》きつづけるための薪《まき》となる。

わたしは薪になんてなるものか。ある時期からＩの流転は、防護服を着こんだ衛生指導員から逃げ隠れる旅路となる。

分断されたインフラによって食糧配給は滞り、各地の隔離地域は孤立する。感染者たちの集団脱走は数えきれない警官隊や地域住民との小競りあいを出来させ、致死性の伝染病ではないにもかかわらず、隔離自体が非感染者の犠牲を招いて、これを大メディアは〝ゲッカが招いた惨劇〟と報じつづける。するとどうなるか？

わかりきっている。世論の後押しを受けて、政権与党はもろもろの対策特措法や予防法を改定、症状の軽重にかかわらず感染者の強制隔離を無期限のものとすること（そこにはもはや一時保護の名目すら見られない）、さらにゲッカの罹患があやしまれる者がいれば警察や衛生局に通報することが義務づけられる。これこそＩにとっては悪夢以外の何ものでもない、一億総〝監視〟時代の幕開けとなるシフトチェンジだった。

「あんたは幸運だよ、子どもを産んだあとで感染したんだから」

その日その時、Ｉのかたわらにいたのは G という在野の疫学者だった。ほとんど恐れ知らずのＧは、ゲッカを重症化させる前にＩと知り合ってしばらく行動をともにした。どんなときでもＧは健康に見えた。理性的だったし、ゲッカがもたらす恐ろしい膿疱の侵食や群体化への衝動にも囚われていなかった。

「エヴィデンスなんてどこにもないのに、母子感染のデマが猛威《もうい》をふるう時代だからな。

案の定、優生思想の亡霊まで蘇ってきた」

「断種って、感染者が子どもを産めない体にするってこと？」

「男も女も手術でチョキン、だよ」

「そんなのひどすぎる」

「生易しいものじゃないぞ、これからもっとひどくなる。ずっと感染者が逃げつづけるのは並大抵のことじゃない。あんたはどこで何がしたい？　安住の地でも探しているのなら、この地球《ほし》のどこにもそんなものないぞ」

診察を終えるたびに、暗黒斑だらけでも君はすごくきれいだ、とGは言った。それに対してIは何も言わず、小鼻にしわを寄せた表情を返すだけだ。Gとの関係について期待をふくらませるほどIは世間知らずではなかったけれど、男が気づかってくれるのは嬉しかった。自分が独りでどんなに寂しかったか、考えずにいられるのはもっと嬉しかった。Gはいかに感染者が他人の目を騙《だま》しながら隔離を逃れるか、通報や強制連行の罠に落ちないようにするか、みずからの経験則と医学的知見にもとづく最適解を教えこんでくれた。

離ればなれになってからも、触診でGの指先がふくらみかけた腫瘍を撫ぜる感触を、Iはしばらく憶えていた。

重症化する前に一度、Gは愛想や軽口としてではなく充分に想いを込めていつもの言葉を口にした。そうして真っ直ぐにこちらの瞳を覗きこむ。そのときGの視線がどんなふうに潤《うる》んでいたかを、Iは憶えていた。

Gと別れてから二年と三ケ月後、制圧宣言から数えても最大の暴動が起こった隔離地域と隣接する土地にIは立っていた。Gが予言していたとおりだった。そこで起きているのは暴動でもなんでもない、虐殺としか呼びようもないものだった。

途方もない恐怖で、自分という存在がほとんどねじ切られそうになるのを感じた。衛生指導員や機動隊が感染者を取り囲み、その周りを市井の愛国者たちが分厚く囲繞《いじよう》した。互いに煽《あお》り煽られ、双方に死傷者が出たが、総決起デモに参加した感染者やその家族や支援者におびただしい逮捕者が出たのに対して、〝愛国の壁〟を自称するヴィジランテたちはただの一人も逮捕されなかった。学校教員や看護師、大家族を一人で切り盛りする専業主婦までもが棒きれや鍋蓋や火炎瓶を手にして、老いた感染者や幼い感染者、身重の感染者や理性の混濁した感染者にもなりふりかまわず襲いかかったのだった。

からくも命をとりとめたIは、惨劇の現場をふらふらとさまよった。そこかしこでまだ片づけられていない人々が変わり果てた姿をさらしていた。攻撃され、ずたずたに引き裂《さ》かれた人々、濡れた洗濯物の山のようになった人々、暗闇を頬張ったように真っ黒なその口腔では赤い血すらも目立たなかった。

世界の実相が一分の隙《すき》もなく、ラップで簀《す》巻《ま》きにするようにIの皮膚に張りついてくる。わたしたちは暴力で揉みくちゃにされ、疲れ果て、ここで力尽きるのだろう。路上にへたりこんだIは、うつけのように口を半開きにして、頭上の空をふりあおいだ。

断崖から転げ落ちる彼女の空に昇るのは、血の色に染まった月で——だがそれも、すでにいやというほど見慣れたものでしかなかった。

4

このところはいささか情緒に流れすぎていないだろうか？　ジェントルマンのそんな指摘を受けていたが、トキタニは大きな軌道修正をしないで『The Dark Side Of The Moon（仮）』を書きつづけた。

これまでになく長いものになりそうだった。もっぱら短篇や中篇に取り組んでいるときは細かなプロットを組んでいなくても、書いている物語の着地点はあらかた見えている。

だけどこれでもかと〈こんな世界には生きたくない〉という未来を描いたこの長篇ばかりはどんなふうに決着をつけたらいいのか、Ｉにどのような終幕を用意したらいいのか、書きながらトキタニ自身にもまるでわかっていなかった。

筆は速いほうだという自負があったが、書きあぐねる日も出てきて、物語の終わりは見通せない。自分でも本当は何が書きたいかわかっていないからか。あるいはゴヤさんやイシノに感化されて、みだりな大作志向が芽生えつつあるのか。

「海外の画廊に認められて、金を出してもらって長期留学してくるって。母さんに嘘をついてここに来てんだよね」

ゴヤさんの件があってから、イシノとは以前にましてセッション外で話をするようになった。彼女は長期にわたる治験がそろそろ応えてきているようで、たとえ画《え》を仕上げたところで出口にならないのなら、ゴヤさんのようにいっそグレて、途中精算のかたちでも切り上げてしまおうかと画策していた。

「わたしに画家をつづけさせるために、母さんは虎の子の貯金も使いはたして。だから金を返して親孝行したいし、なによりも生活の心配が要らない環境で、自分史上ベストの画《え》を描きあげてさ。世間に認められて、母さんを喜ばせたかったんだけど……」

セッション中の会話はモニターされているし、食事中や自由時間にも監視の目が光っているので、障《さわ》りのありそうな意見交換は文章でやりとりした。書き損じたふりをして破ったノートの切れ端を隠しておき、授業中の女学生のようにこそこそと受け渡しあうのだ。

〈だいたいどうしてテーマが、来たるべき未来の一択《いったく》なわけ？〉

と、イシノが書いてよこせば、

〈今さらそこか。さんざん説明があっただろ〉

と、トキタニは返事を送る。原始的ではあるがちょっとした反乱分子の気分も味わえた。

〈あれでしょ、ジェントルマンの口上。時系列からいっても精神活動からいっても未来とは現在の延長線にあり、万人が想像力を働かせやすいものです。個人の経験や創意工夫もダイレクトに影響するし、より深刻な、より警鐘的なものになれば他のセッションでは得られない貴重なデータを集められます。ｅｔｃ．……ｅｔｃ．……〉

〈酸素の効果を、創造性や集中力のアップダウンを観測してるんだろ〉

〈だけど一人ぐらい、他のを創らせろってやつが出てもいいと思わないか〉

〈おまえ、ゴヤさんっぽくなってきたな〉

〈送られてくる酸素に、なんかこう暗い気持ちになって、将来にネガティヴなイメージしか描けなくなるような化学物資が混ぜられてるとか、そういうことってないかな〉

〈うわあ、陰謀論！　それはもはや酸素じゃないだろ、あやしげなドラッグだろ〉

〈そこだよ、酸素の吸引だってドーピングの一種だろ。創造性や集中力向上のデータ取りは建前で、わたしたちに暗い未来を描いたものを量産させるのが本当の目的なんだとしたら、怖くない?〉

おなじようなことをこれまでに一度も勘繰らなかったといったら嘘になる。陰謀論めいていても火のないところに煙は立たない。ジェントルマンたちはひとくちに〈未来像〉といっても、現状よりもあきらかに監視や統制の進んだ世界、独裁、粛清《しゅくせい》、反理性、相互監視、治安組織、情報操作、愚民《ぐみん》政策、それらをより濃密に克明《こくめい》に描いた作品の創出にセッションを誘導しているふしがあった。というかスタッフ側も、セッションを重ねてきた今《こん》日《にち》にあっては隠そうともしていなかった。

だけどイシノが言うとおりだとしたら、そんなことを一体なんのためにするのか。ジェントルマンか、その上のもっとお偉いさんの趣味?　憂《う》さ晴《ば》らし?　あるいはセッションそのものも企業活動に組みこまれているのか。グッドエア社の実体は、世界中の退屈した金持ちを満足させるための反《アンチ》ユートピア製造工場?

ありえない。

どれもこれも馬鹿げた話だった。

〈わたしは、非常口《EXIT》が本物なのかを知りたい〉

だから探ってみるというイシノを放っておくわけにもいかず、就寝時に処方される白い錠剤をトキタニも数日ぶん飲まなかった。飲んだふりをして嚥下《えんげ》せず、ベッドのなかで吐きだして爪で細かく砕き、細片をトイレの便器に流しつづけた。

頭がクリアなままで起きていられる時間が増えた。

酸素を吸わなくても、自分の意思で動きまわれるような醒めた感覚があった。

ゴヤさんの次にハマゾエという版画家が独房送りになった翌日、ペナルティも覚悟の上で自由時間を使った。イシノには画家であるがゆえか、普通の人よりも遥かに高い空間認識能力があるようで、自分の目で見たものや他の被験者の話、スタッフ同士の雑談を盗み聞きすることで施設の構造を把握していた。驚くほどその精度が高かったことで、当たりをつけていた〝独房〟にスムーズにたどりつくことができた。

連れていかれたハマゾエは、おそらくこれまでのゴヤさんたちとも同様に、リラクゼーションの恩恵にあずかってなんていなかった。ジェントルマンは嘘をついていた。スクリーンがあればスピーカーもある、防音処理の施されたレコーディング・スタジオのようでもあるその部屋で、ハマゾエは絵に描いたような実験台に仰向けに載せられ、手足も頭も固定され、ひとつの筐体《きょうたい》から生えたケーブルやワイヤーに繋がれていた。視覚も聴覚も奪うアイマスク型の装置をつけられて「……もういい……もういやだ……」と魘《うな》されるような苦悶《くもん》の声を上げていた。部屋には何台ものカメラがあって、あらゆる角度からハマゾエの様子を撮影している。ああ、そうだよな、とトキタニは思った。こんなのわかっていたことじゃないかと自問もした。ひとたび決まりきった日常の外に出れば、こういうものを見るはめになるのはわかりきっていた。これまで自分たちがどれだけそういう世界に想像をめぐらせてきたか、忘れたわけじゃないよな?

「隠すつもりも、その必要もなかったわけですが、適正にデータを収集するために被験者には委細を伝えない決まりになっているんです。しかしあなたがたは、有望かつ賢明な被験者ですから、私の判断で特別に教えておいてもよいかと」

スピーカーからジェントルマンの声が聞こえた。不快感と緊張感をあおる声。腹の中で剃刀《かみそり》の翅《はね》を生やした蝶《ちょう》や蛾《が》がいっせいに羽ばたくような恐怖をおぼえたが、こうなることもどこかでわかっていたはずだ。警報も拘束衣もスタンロッドもなしで、トキタニとイシノはあっけなく自由意志を奪われる。いや、自由意志のつもりで実は選択させられていた行動をキャンセルされる。セッションの時間外でマスクやカニューレを装着させていなくても、ジェントルマンたちは建物の換気口から効きのいい酸素を放出するだけでよかった。

つくづくリラックスとは縁遠そうな拷問趣味の視聴覚室は、他にもいくつか同設備のものがあって、トキタニもイシノもそれぞれ別の部屋に寝かされた。

　こんな非道な仕打ちは契約書になかった、法律や人権はどこに行ったとわめいても聞き入れてもらえない。目の前のモニターには別室のイシノやハマゾエが映っている。向こうにもトキタニの姿は見えているようだった。

「お二人の以前にもいましたし、おそらく以後にもいるでしょう。一部の被験者はかならず疑問を抱く。事実を知りたがる。そういうときに初めて私は、こうして自分の姿を見せたうえで対話するのです。こんばんは、私がジェントルマンです」

　寝台に磔《はりつけ》にされた恰好でも見られるようになっているモニターには、一人の見知らぬ男の顔が映っていた。トキタニもイシノも、リアクションに困った。社交界が似合いそうなスパイ映画の悪の紳士でもなければ、どこにでもいそうな凡庸《ぼんよう》さがかえって恐ろしいアイヒマン的な官僚タイプでもない。声だけではなくついに素顔をさらしたジェントルマンはほどほどに小狡《こずる》そうで、ほどほどに風采《ふうさい》が上がらない、しかし悪の領袖《りょうしゅう》のスケール感としては村役場で横領を働く村長さん並みの、何もかも微妙で半端な中年男だった。現実はこんなものかとも思った。

「あなたがたは疑ったでしょう、投与されている酸素はただの酸素ではないんじゃないかと。答えはイエスです。あなたがたは問うでしょう、セッションでの制作はただデータを取るための作業ではないんじゃないかと。これも答えはイエスです。臨床実験は以降もつづいていくので、事の実相を了解いただいたうえでセッションに戻ってくれる者がいたほうが、セッション全体を統率しやすくもなりますので」

だいたいの要領はすぐに呑みこめた。これは管理する側・支配する側が、偽装されていた表向きの構造をあえて暴いてみせる場面《シーン》なのだ。すると被支配者の側が、返す言葉で訊《たず》ねることはおおよそ決まっている。

「どうして、こんなことを?」

そのものずばりをイシノが訊いた。

「あなたがたが創出する世界は素晴らしい。一定の水準をいずれも超えています」

幾度となく繰り返してきたと見えて、ジェントルマンの説明はよどみがなかった。

「もちろん詮衡《せんこう》は重ねているし、わが社の酸素が挙げている成果でもあるわけですが。あなたがたは動脈血酸素運搬量を上げ、なおかつセロトニンやノルアドレナリンの働きを抑制して、コルチゾールなどのホルモンを上昇させる酸素を吸っている。そのうえでセッションでの作業を未来像に限定し、サジェスチョンや流入酸素量を調整して、ユートピアとは似て非なる世界を描きだしてもらう……」

こうした近未来のヴィジョンは、数多の作家やヴィジョナリーによってたえまなく反復されてきたものだが、たとえステレオタイプでもプロセスやディテールによって迫真性は得られるし、なんといってもウィリアム・シェイクスピアやジュール・ヴェルヌ、ジョージ・オーウェルの時代から私たちの現代に至るまで、ただの一度も需要がついえたことがない――ジェントルマンは得々と語った。どうやら私たちには、人間社会の一つの側面としての反《アンチ》ユートピアに引きつけられる心性が働くようなのだ。

おぼえがあるでしょう？　とジェントルマンは言った。

誰でもそうした小説や映画やアニメに触れたことがあるでしょう。

表現者であれば、そうした題材を一度は志向したことがあるでしょう。

どうですか、イシノさん、トキタニさん？

「私たちの現実でも、嘘つきで厚顔無恥《こうがんむち》で、真実を踏みにじる独裁者や全体主義者はつねに現われる。監視の網は行き渡り、格差や分断は進み、検閲や規制によって表現の自由は危《あや》ぶまれ、見せかけの理想や希望によって国民は洗脳されて、ときには大規模な粛清だって起こる。しかしそれでも、一旦は全体主義に傾いても、ポピュリストやデマゴーグが熱烈な支持者を集めても、恒久的に完全統制された反《アンチ》ユートピアはいまだかつて現実世界に出現した例《ためし》はない。なぜでしょう？」

狙《ねら》いすましたような間の取りかたで、ジェントルマンはしばし沈黙した。膝を詰めてくるような長広舌にげっそりしていたイシノが、「現実の社会なんて、虚構の世界よりもずっとショボいから」と答えを返した。

「たしかにそうですね。汚職や疑獄とまったく無縁の独裁者なんていない」

「かならずボロを出す。いずれは背中からばっさり斬られる」

「そうです。監視力・統制力・経済力の十全さがそうした社会の実現には欠かせないが、現実ではどこかに綻びが生じる。ヒューマン・エラーがすべてを台無しにする。監視や支配とひきかえに与えられるべき安定や保障すらも用意できず、ただ暴君がふんぞり返ってやりたい放題をやっても、すぐに足元をすくわれるだけです」

そこまで聞いてトキタニは言った。「現実の為政者には、徹底して人を屈服させるだけの政治力も経済力もないってことか」

「だからこそ統合的・多角的・立体的な視野に立って、完全無欠の反《アンチ》ユートピアを模索する意味があるということなんです。シンパシーではなくエンパシー、単なる共感ではなく未知なるものを想像する力こそがわれわれには真に必要とされている。需要がつきないのも存外、誰もが一度は本物の反《アンチ》ユートピアに生きてみたいと思っているからかもしれません」

「だからっておれたちに、その手の世界を延々と想像させるのか」

感染症文学論序説
文豪たちはいかに書いたか

石井正己

コレラ、結核、スペイン風邪……近代日本はたびたび感染症に見舞われた。文学はそれをどう描いたか。重要な歴史的証言として読み直す。

▼一八九二円

エラー

山下紘加

「私は、私の底を知りたい」。思わぬ相手に敗北を喫した大食いクイーンの一果。一つの身体の限界と到達を探るフードファイト小説。

▼一六七二円

エルサレム

ゴンサロ・M・タヴァレス　木下眞穂訳

五月の真夜中、死病を抱えたミリアは痛みから外へ駆け出した――。現代ポルトガルの最重要作家による暗黒のロマンス、ついに邦訳。

▼三二四五円

真訳シェイクスピア四大悲劇
ハムレット・オセロー・リア王・マクベス

ウィリアム・シェイクスピア　石井美樹子訳

イギリス史の深い理解とともに作品の背景にある史実や風俗を読み解き、その真の意図に迫る、初の歴史研究者による新訳！

▼五〇六〇円

実話怪談　幽霊百話

一九〇〇年刊行。名手による読みやすい初めての現代語訳で怖さも格段に増した一冊。

「そうだよ、あんたたちって本当に酸素の会社？」

「私たちは科学者ですが、このプロジェクトには複数の企業が出資しています」

ちょっと語りすぎているかな、と言わんばかりにジェントルマンはさして見映えもよくない片頬笑いを浮かべた。

「私たちがセッションで集めた社会モデルを、専門家たちが細部にわたってプロトタイピングする。詩であれ絵画であれ物語であれ、基本はおなじことです。立てつけを多様な観点から検証して、特異なヴィジョンやコンセプトを認識するための共通言語を形成し、実際にシステムが機能するために必要な回路《インターフェース》を作る。製品開発や企業改革などのあらゆるシーンで、ユーザーに早期にフィードバックすることを念頭に置いてね」

「トキタニ、今の話ってわかった？」とイシノがモニター越しに訊いてきた。「なんかわたし、話についていけてないような」

「要するにおれたちの生みだしたものが、おれたちの知らないところで社会に還流されるってことじゃないのか。それはたとえばソフトとしてもアイディアとしても、概念モデルとしても、現実社会の未来設計としても……」

「わたしの画《え》も？　だって現物はセッション室にあるんですけど。贋作がどっかの画廊にでも飾られるわけ？」

「実際の画《え》が、じゃないんだよ。そのヴィジョンに利益が見込まれてる」

「だいたいそんなところです」ジェントルマンが言った。「トキタニさんの場合はわかりやすいでしょう。あなたがこれまでに生みだした恐るべき未来世界は、つぶさに設計を検証されたうえで文章やそれ以外の形でも実装されてユーザーに届きます。あなたがいま手がけている大作などは最終的な出来がよければ、あるいは政策決定の場にも影響を与えるかもしれない。どうですか、光栄なことだとは思いませんか」

「結局、おれたちは反《アンチ》ユートピアの製造工場ってことでいいんだな」

「繰り返しになるが、需要がつきることはないんです。反《アンチ》ユートピア的な構造モデルはあらゆる業界のあらゆる分野に漂っているんです」

それこそ、酸素のように――

ジェントルマンは薄笑いを浮かべた。

「わたしは、戻りません」そこでイシノは言った。

セッションの開始時間が近づいていたが、懐柔に応じようとしなかった。

「もういいです、もう降ります。なんか長々と種明かしされたけど、自分の頭で考えて理解できないプロジェクトに自分の画《え》を利用されたくなんてないし。あなたの声を聞くのもうんざりだし」

「わかってください、私たちは対立する立場にない。あくまでも資本制生産様式にもとづいた話です。あなたが外の世界において、他人の鑑賞を前提として画《え》を描きつづけることとなんら変わりはない。私たちはそのお手伝いをするだけだし、対価も支払う」

「ごめんなさい、戻りません。途中精算でお願いできませんか」

「困りますね、ここまでお話ししたのに」ジェントルマンはさして困ってもいなそうな顔で言った。「ご協力をいただけないのなら……」

「あ、酸素？　従順になる酸素でも吸わせるんですか」

「望むところではありませんが、規定で決まっていますので。企業機密の漏洩の危険性は見過ごせないんです」

あなたにはこうした場面に有効なわが社の酸素とともに、セッションの産物であるところの反《アンチ》ユートピアのひとつを体験してもらいますとジェントルマンは言った。

「……戻るぞ、戻るって言うんだ、イシノ」

われ知らずトキタニは口走っていた。自分たちがいる部屋がどういう部屋か、拘禁《こうきん》されたハマゾエがどんな様子でいたかを思い出したからだった。

「戻りましょう、イシノさん」ジェントルマンが最後通牒《つうちょう》のように告げた。「戻らなければあなたはその部屋で反《アンチ》ユートピアを生きることになります。疑似体験と侮ってはいけません。あなたは体を拘束され、睡眠を奪われ、時間の感覚を支配され、それでも気絶できないように酸素を投与されながら、商用モデルとして希釈されていない反《アンチ》ユートピアを、あなたのなかにおいてプロトタイピングされることになるのです。出来のよいものであればあるほど、剃刀の刃で薄く全身の皮膚を剝《む》かれるよりも、おなじ音楽を二十四時間延々と聞かされるよりも辛い体験になるでしょう。ゴヤさんもそれ以前の人も、数日と持ちこたえることはできませんでした。なにしろわが社の詮衡をパスしたセッションの参加者は、素晴らしい創造性の持ち主ばかりですので」

「やめてください、そんなことしないで」

「戻りますって言うだけだ、イシノ、戻るって言えって！」

怯《おび》えおののきながらもイシノは、望まない不貞《ふてい》を強いられているかのように頑なに意思をまげなかった。アイマスク型の装置をつけられたイシノが、びくんと震える。誰の作とも知れないもうひとつの世界がその意識や五感を侵しはじめたのがわかった。歯をぐっと食いしばるように堪《た》えていたイシノが、ほどなくして顎《あご》を伝う涎《よだれ》とともに身も世もない声を上げ、嗚咽《おえつ》を漏らしはじめて、がたがたと打ち鳴る歯の隙間からこぼれる声はやがて慟《どう》哭《こく》に変わっていった。

それほど再現の精度が高いのか。真綿で首を絞めるような世界設計ではなくて、臓腑《ぞうふ》にダイレクトに応えるような暗黒の未来を味わっているのか。実験台でもんどり打つイシノはもう自分が寝そべっているのか座っているのかもわからないようで、暗い井戸の底にでも墜ちたようにいくつもの影に取り囲まれ、その影によってたかって理性や生気を引き裂かれてゆく。瘧《おこり》にかかったように震え、正気を挽《ひ》き臼《うす》にかけられるように全身で恐怖を露わにして、舌を嚙みきる勢いで歯軋《はぎし》りし、作業衣の股間《こかん》はぐっしょりと失禁の黒ずみに染まった。叫んでも叫んでも叫びきれないというほど叫んでいるイシノがどうなってしまうのかをトキタニは最後まで見ることはできなかった。別室の彼女をモニターする画像が、ブツンと暗転してしまって――

あとには眩暈《めまい》だけが残された。何か知りたいことがあったはずなのに、それがなんなのかもう思い出せない。恐怖と絶望の淵にイシノを追いこんだのは、あるいはトキタニが創造した反《アンチ》ユートピアなのかもしれなかった。

5

「では、本日のセッションを始めます。酸素を供給します」

臨床実験の日々はつづいた。だがそこに、複雑な結晶のようにぴんと張りつめながらカンヴァスに向かっていた画家の姿はなかった。

イシノは戻らなかった。あれからどうなったのか、現実を離れた異世界の奔流《ほんりゅう》に呑まれて発狂したか、あるいはショックの連続に耐えきれずに――どんなに想像をめぐらせたところで想像の域を出ない。イシノの安否を知ることはかなわなかった。

もしかしたらジェントルマンには、初めから二人を二人とも戻すつもりはなかったのかもしれない。どちらか一方を、もう一方を従わせるための脅迫材料にできればよかった。だからこそ責めさいなむ様子をモニターで傍観させたんじゃないのか。

「……トキタニさん、手が止まっていますね」

鉄槌《てっつい》を振り下ろされるように打ちのめされるのではなく、ゆっくりと少しずつ、錆《さ》びた刀を魂に押しこまれるように深傷《ふかで》を負っていくのが自分でもわかった。

あのときイシノが見ていたのは自分が創造した世界かもしれない、というだけではない。ずっとここでいいと思っていた。落伍した身としては実社会から遠ざかった僻遠《へきえん》の地で、酸素によって後悔や煩悶《はんもん》をぼやかされながら、要求されたものを書いていくのがふさわしいと思っていた。そんなトキタニの心性こそが、あのときイシノの尊厳を踏みにじり、その命を極限にまで追いこんだ。創作へのある種の背徳と怠惰《たいだ》さがイシノを殺したのかもしれなかった。

「……トキタニさん、トキタニさん、どうしましたか」

あの瞬間の眩暈《めまい》が蘇ってきて、トキタニは息を止めた。過呼吸めいたパニックを起こしそうで、そうなったらまたカニューレから酸素を送りこまれるだけだから。これまでに味わったことのない感情が胸で渦巻いていた。

痛憤とも憎悪とも、悲しみとも自己憐憫《れんびん》ともつかない。大事なものを失くしていたことに気づいた喪失感というだけでもない。そのすべてを含んではいるが、あまさず足しあわせてもまだ充分ではない。年月をさかのぼって自身の根源を否定されるような、底知れぬ裏切りを味わわせた張本人が自分であったかのような、そんなどこにも持っていきようがない感情にはまだ名前がなかった。あってもトキタニの語彙《ごい》が追いつかなかった。

「お察しはしますが、セッションでは何もしないでいることは許されません。少なくとも書きかけの物語を最後まで書きましょう。自分の生みだした世界を、そこで生きる人々を終着点にまで運んであげましょう。トキタニさん、その先をどうするかはそのときにまた相談したらいいんですから」

セッションに終わりはなかった。トキタニの物語を収穫したいようで、ジェントルマンはあくまでも紳士的に作業の継続をうながしてくる。

だがこの管理者は、ひとつだけ考えちがいをしている。書き手であれば自分の物語を終わらせることに執念を見せると思ったら大間違いだ。トキタニはわりと宙ぶらりんでもへっちゃらだった。断筆の何が悪い。未完上等。手離れのよさが自慢なだけあって個々の作品への執着は薄い。そうでなくても臨床実験の事実を知ってしまったうえで、誰かを狂い死にさせるかもしれないストーリーを紡ぐことはできなかった。

もとから出口なんてなかった。契約書の〝一定期間〟という文面は無限の幅を持っていた。ここは治験の場というよりも、終身刑の獄《ひとや》だった。

時間の感覚は奪われ、五ケ月が過ぎたのか十年が過ぎたのかもわからない。酸素によってこの身をがんじがらめにされている以上は、スタッフをふりはらって建物の出口まで走るのも無駄な足掻きだった。それでもひとつだけ試してみたいことはあった。

「わかりました。素晴らしい資質の持ち主だったのに、あなたには失望しました」

ずっと書かず、酸素マスクを何度も外そうとして、ペナルティの累積《るいせき》でとうとう独房送りとなったとき、スタッフの油断を衝《つ》いてその手をふりほどき、突き飛ばし、〃あいつがいるとしたらあそこだ〃とイシノに聞いていた管制室へと走りこんだ。

施錠《せじよう》はされていなかった。駆けこんできたトキタニにぎょっとして、とっさに制御卓に手を伸ばしたジェントルマンを羽交《はが》い締《じ》めにして、サイドテーブルに置かれたマグカップで幾度となく殴りつけた。ぐったりしたジェントルマンのかたわらで、この管理者が手を伸ばした操作盤のつまみを、最大量の目盛りにまで持ち上げた。

うまくいったよ、イシノ。間もなく酸素マスクを通じて最大流量の酸素がトキタニに送りこまれてくる。

酸素は人を生かすものだが、場合によってはその命を縮める凶器にもなる。高濃度酸素は吸入が過ぎれば、意識障害や酸素中毒症を引き起こし、自発呼吸の停止を引き起こす。取り扱い注意の劇物でもあることぐらいは、酸素バーの但し書きでだって知ることができた。これがトキタニの非常口《EXIT》だった。

本当はずっとわかっていた。今ここにその世界があるということは——反《アンチ》ユートピアを果てしなく想像するその場こそが反《アンチ》ユートピアであったという事実。それはトキタニならずとも誰しもが知っていることだ。だけどそんな坩堝《るつぼ》からもようやく出られる。

蘇生措置などを下手に施されたくなかった。だから管制室に鍵をかけて籠城《ろうじょう》した。

次第に途切れがちになり、薄れていく意識の底で、トキタニは——

断絶した物語が、たどりつくはずだった風景を視ていた。

有為転変の歳月が過ぎて、逃避行の果てに結局最後にはたどりつくことになった隔離施設に、あるとき面会者がやってくる。

現われたのは二十代半ばの精悍な青年だった。もちろんＩはすぐに気がついた。彼はもっとも母を必要としていた人生の黎明《れいめい》に、母に捨てられたその子だと——本当に自分がたどりつきたいのはぐるりと廻ってその子のいる場所なのだとＩはとうに気づいていて、だけどなんの権利があって彼の人生へと舞い戻ったりできるだろう？　ずっとそう思っていた。だがその青年は、怒りと断罪の言葉をたずさえて母を訪ねてきたわけではなかった。

もう何年も前から、どこにいるかは知っていて、隔離施設の所在も突き止めていて、そのうえでIを見守りつづけ、ゲッカの感染者としては最長命となった母の病を治癒《ちゆ》する術を探していた。

あなたをもう憎んでいないかもしれない、今なら会いにいっても大丈夫かもしれない。そう思えるまでに時間がかかったと息子は言った。わたしはあなたを苦しめたくなかった、愛情の裏返しであなたの元を去ったふりをしたくなかったと母は言った。

そして母と子は、最後の時間を水入らずで過ごす。

連れだって隔離施設を出て、並んで歩きだして。

この国の際涯《さいはて》にあるという、ゲッカの街を目指した。

息子はそこに到るまでの道筋を地図に記していた。行く先々で今なお増殖する感染者に会った。そもそもゲッカの感染者は、彼や彼女が息づくその世界も含めて――人が克服できるものでないのではないかとIは思った。監視や統制や粛清がつづけば、人類の絶滅まではほんのひとまたぎだ。社会なんて二度と復興させなくてもいいし、一人ひとりは孤独に震えながら、暗闇でうずくまっていたほうがいい。それでもどこかにほの見える絆《きずな》を欲するのか、希望を抱きつづけるという野蛮《やばん》な勇気を捨てないのかと、わたしたちは滅びの種をふりまいた大きな存在に試されているのかもしれなかった。

今では故郷のようにも感じられる夜の月は、母と子の旅路にどこまでもついてきた。赤みを帯びて、蒼《あお》く澄みわたり、ときには色とりどりのオパールのように色彩を閉じこめながら。周囲には汲《く》めども尽きせぬ墨色のインクが展《ひろ》がり、無数の竈《かまど》の火が燃えさかっている。ずっと見つめていると他には何もない、誰もいない宇宙に母と子だけで置き去りにされて、巨大な月と永遠に対峙しているかのようだった。

どうしたの母さん、と息子が言う。

ううん、なんでもない、と母は答える。

衛星のように受難の生をひと廻りして、隙間のない温もりに抱かれた日々のなかでIは思う。わたしの物語はこうして夜の裡《うち》に終わり、そしてまた遠くない月のもとで始まるのだ。

酸素のように漂いながら、トキタニは創造した世界の人物とともに自由になり、部屋を抜けだして、グッドエア社の研究施設をあとにしていた。

忙《せわ》しなく終わりに向けて進行するこの星の外側へと、このまま飛びだして、信じがたいほど遠くまで行けるのかもしれない。

雲ひとつない菫《すみれ》色の空、凛《りん》とした空気、そこに鳥の群れが羽ばたいていく。オゾン層の向こうに、まだ見ぬ払暁《ふつぎょう》の世界に、どんな風景が展がっているのだろうか。そこではどんな怪物的な月が見られるのか。想像すると恐ろしくもあったが、それでも少なくともそこでは、もう反《アンチ》ユートピアの物語が人を殺すことはないはずだった。なあ、I、そうだよな？

天国という名の猫を探して悪魔と出会う話…………東山彰良

神は人間の真意も、真意の背後にある真意もすべてご存じです。そして大事なのは、後の方、真意の真意なのです。

アイザック・バシェヴィス・シンガー「ありがたい助言」より

叔母から飼い猫を託された。
猫の名前はラニといって、ハワイの言葉で天国という意味らしい。叔母は四十を過ぎてからフラダンスを習いはじめ、年に一度は彼《か》の地を訪れていた。どうやらカウアイ島にいい人がいたようだ。相手は定年退職してハワイに移り住んだ日本人で、奥さんをなにかの病気で亡くしていて、三人いる子供たちはすでに成人していた。

「この歳になるとね」と叔母は言っていた。「結婚なんてただの手続きだって思えちゃうのよ」

叔母は五十三歳まで独身だった。じゃあ、最終的にその人と結婚したのかといえば、じつはそうではない。そうではなく、叔母はその人に食べられてしまった。そのとき叔母はナウィリウィリの彼の家にいて、日本にいるぼくとオンラインで猫のことについてあれやこれやしゃべっていた。

「もうしばらくこっちにいるつもり」

ハワイのムームーを着た叔母は、気持ちよさそうなウッドデッキで揺《ゆ》り籠《かご》のような椅子に腰かけていた。ピンク色の夕焼け空に広がる大王椰子《やし》の影が、まるで土産物屋で売っている絵ハガキみたいに美しかったのを憶えている。

「だからね、もうしばらくラニのことをお願いね」

そのとき家の主《あるじ》、つまり叔母が付き合っている男性が、パソコン画面の奥のほうからぶらぶら近づいてくるのが見えた。彼は芝生の上をゆっくりと歩いてきた。叔母がふり向いて、手をふった。それからまたぼくと向き合った。

「たのんだわよ。人見知りな子だけど、あんたには懐《なつ》いてるみたいだから。問題ないでしよ？　どうせ春休みなんだから、もうちょっとうちに泊まってって」

問題ないとぼくは答えた。

たとえ大学がまだ春休みに入っていなくても、なんの問題もない。ぼくは大学に退学届を出したばかりだった。都会で暮らしてみてわかったことは、都会は人が多すぎるということだ。大学を辞める理由としては曖昧《あいまい》すぎるかもしれないけれど、叔母ならきっとわかってくれるだろう。彼女だって若いころにさっさと都会暮らしに見切りをつけて、ただ同然で手に入れた田舎家にいまも暮らしているのだから。都会にはいろんな価値観があるの、といつか言っていた。それで救われる人もいるけど、でもけっきょく頑《かたく》なな小さな村がたくさんあるだけなのよ。

そうこうしているうちにも、叔母の彼氏は急がず慌てず近づいてきた。ぼくはそのときはじめて彼を見たわけだけど、ハワイの陽射しをたっぷり浴びているはずなのにずいぶん青白い顔をしているな、というのが第一印象だった。

「そっちはどう？　そろそろ桜が咲くんじゃない？」

叔母の彼氏は背後から叔母に腕をまわし、彼女の首筋に顔をうずめた。

「ちょっと、やめてよ」叔母がうれしそうに文句を言った。「じゃあ、たのんだわよ。あんたも家に引きこもってばかりいないで、たまには外に出なさいよ」

そして、叔母はその人に食べられてしまった。

ハワイにいる叔母の首から飛び散った鮮血が、日本にいるぼくのパソコン画面を赤く染めた。

叔母を殺したウイルスが日本にも上陸すると、物事はたちまち百八十度ひっくり返ってしまった。上が下になり、下が上になった。右は左で、左が右。東西南北はルーレットみたいにころころ変わり、朝になると月が昇り、夜になると太陽が顔を出した。昼と夜に関しては、それはいつもどおりの昼と夜だという見方もできた。

田植えの時季になっても雨がちっとも降らず、かわりに北風がびゅうびゅう吹き荒れ、ぼた雪が何日も降りつづいた。アサガオの蔓《つる》にキキョウが咲き、バラの花壇からは色とりどりのチューリップがにょきにょき伸び出した。犬がカアと鳴き、カラスがニャアと鳴き、猫がワンワン吠えた——つまり、世界はそれくらいこんがらがってしまった。

まだ六月だというのに、三陸沖にはサンマが大挙《たいきょ》して押しかけているとニュースで言っていた。動物園のライオンやトラは肉を食べなくなり、見る見る痩《や》せ細っていった。ある飼育員がためしにスイカをあたえてみたところ、かぶりついてゴロゴロ甘える始末だった。アフリカではキリンやシマウマが生肉を求めて人を襲い、アマゾン川のピラニアは川石についた苔を食べるようになった——つまりはそうした都市伝説がまことしやかにささやかれていた。ニシツノメドリに襲われるので、北極のシロクマは海に飛び込んで逃げなければならなかった。

なにもかもがとち狂ってしまった。

それでも時間が経てば、やがて新しい生活様式は定着していく。けっきょくのところ、人間とはたんぽぽの綿毛のようなもので、風向きに逆らって飛べるわけではない。そのためにぼくたちがまず適応しなければならない当面の課題は、生は死で、死は生という動かしがたい現実だった。

死者はそこらじゅうを漫《そぞ》ろ歩いた。死者たちは生者を恐れないけれど、生者たちは死者に怯《おび》えていた。生者のほうが息をひそめて暮らさなければならないというのは皮肉と言えば皮肉、当たり前と言えば当たり前だった。しばらくのあいだ、ぼくたちは死んでも生きていて、生きていても死んでいるようなものだった。

蚊やダニがウイルスの媒体かもしれないというので、区役所のトラックが殺虫剤を大量に撒《ま》いていく。そのせいでどこもかしこも真っ白になり、ぼくたちは咳きこんだり、目をしょぼしょぼさせたりしたけど、文句を言う者はいなかった。一度、ぷーんと飛んできた蚊をパチンと叩いたら、掌《てのひら》のなかから不気味な笑い声が聞こえてきた。おっかなびっくり手を開いてみると、つぶれた蚊が青白い炎に包まれていた。

だから、ぼくはかなり早い段階で、これはウイルスのせいなんかじゃないのではないかと疑っていた。たしかに現代医学ではウイルスの仕業だとしか説明のしようがない。けれど、研究者たちがどんなに顕微鏡を覗きこんでも、それらしき病毒を発見することはできなかったのだ。

ぼくと同じように考えている人たちはけっして少なくない。つまりこの一切合切をなにかの呪い、もしくはどこかの国の陰謀だとみなしている人たちはかなりいた。ただ、それがなんの呪い（もしくは陰謀）かとなると諸説紛々だった。ネット上ではノストラダムスの予言やマヤ暦に再解釈が加えられ、フリーメーソンによる陰謀論が取り沙汰され、悪魔崇拝を正当化するために聖書やコーランからひっぱってきたそれっぽい文言が繚乱《りょうらん》していた。

政府の警戒レベルはどんどん引き上げられていったが、半年もすると緊急事態もなしくずしに常態となった。

ひと思いに人類が滅び去るのでなければ、みんな食べていかなければならない。そのためには経済活動を再開するほかなく、日々の感染者の動向を睨《にら》みつつも、配給制度を主軸に据《す》えた新たな日常が少しずつ形成されていった。

死者たちの特性も少しずつあきらかになってきた。彼らは呼吸をしないので、空気感染はしない。つまり、かじられることが唯一の感染経路ということになるわけだが、それも死者たちの肉体の崩壊とともに問題にならなくなる。簡単に言えば、細菌の活動によって顎《あご》が腐り果ててしまえば、たとえかじられても健康な肉体が傷つくことはないのだ。そうなると、警戒すべきは死んだ直後だけということになり、その事実が判明してからは世のなかが目に見えて明るくなっていった。

言うまでもなく、都会よりも田舎のほうが危険は少ない。とりわけ叔母が暮らしていたような限界集落では、さまよい歩く死者を見かけるのは稀だった。いちばん近い町まででは直線距離でも二十キロ離れているし、それになんといっても死者の動きはカメみたいにのろい。もちろん感染者はゼロではないけれど、冬場にうがい手洗いを心掛ける程度の警戒さえしていれば、最悪の事態を招くようなことはまずなかった。

国は自宅で死ぬことを禁じた。そのおかげで、新参者の死者はたちどころに荼毘《だび》に付されることになった。年寄りは自宅の畳の上で死にたいと願ったが、それは贅沢というものだ。たまに村に迷いこんでくる死者は事故死か、人知れず殺されたか、とにかくふつうの死に方をしなかった人たちなのだろう。そのような人たちが蘇《よみがえ》り、炎天下をさまよい歩き、ようやく生者と出くわしてかじりつくころにはもう歯がごっそり抜け落ちてしまっているので、恐るるに足らずだった。

じつはぼくも襲われたことがある。音楽を聴きながら野良仕事をしているときに背後からガブリとやられたのだが、運よくその死者は腐乱が進んでいたため、首筋を食い破られる羽目《はめ》にはならなかった。ほとんど舐《な》めまわされているのと変わらなかった。それは死者たちが我が世の春を謳歌《おうか》しだしたころのことで、ぼくは空気感染を恐れてマスクをしっかりつけていた。だから死臭に気づかなかった。それに風向きも悪かった。死者は同じ集落に住む町内会長の川添《かわぞえ》さんで、持っていた鍬《くわ》で軽く叩いてやると、川添さんは積み木みたいにばらばらになってしまった。映画みたいにはらわたを食い破られるのは、よほど運の悪いやつにかぎられていた。そのことがあってから、ぼくはイヤホンで音楽を聴くのをやめてしまった。


ラニが消えたのは、晩秋のころだった。

その年はじめての霜が降りたと思ったら、急に暖かな南風が吹いてきて庭の桜がうっかり咲いてしまった日の午後、ぼくはラニの餌皿《えざら》がぜんぜん減っていないことに気がついた。裏山のほうでは、蟬がやかましく鳴いていた。

部屋飼いされる都会の猫とちがって、田舎の猫は気ままに家を出たり入ったりする。二、三日帰ってこないことも珍しくない。そう思って気にしていなかったのだが、一週間経っても二週間経ってもラニは姿を見せなかった。どこからか種子が飛んできたのだろう、そのうちラニの餌皿がシロツメクサで真っ白になった。

両親を交通事故でいっぺんに亡くしたぼくを引き取って育ててくれたのは叔母——母の妹——だったので、ぼくは叔母の猫を放っておくことができなかった。ラニはすらりとした三毛猫だった。三毛猫だからして、もちろんメスである。世界がこんなふうになってしまって、猫だってもはや猫のままではいられないのはよくわかっているつもりだけど、それでもやはりぼくはラニを探しに行くことにした。

まずは集落にある九軒の家を一軒一軒訪ねてまわった。

田川《たがわ》さんには知らないと言われ、丸山《まるやま》さんにはしばらく見かけないわねと言われた。里田《さとだ》さんちの玄関を開けると、ちょうど里田さんが口を血だらけにして奥さんをむしゃむしゃ食べているところだった。ぼくは背中に差していた鍬を引き抜き、里田さんの頭をぶったたいて成仏させてやった。南無阿弥陀仏、南無阿弥陀仏と唱えて合掌しているうちに里田さんの奥さんがむっくりと上体を起こしたので、こちらにも一発お見舞いしておとなしくさせなければならなかった。小柳《こやなぎ》さんの家ではお茶を出してもらった。

「まったくへんな世のなかになったもんだねえ」

ぼくは熱い茶をすすり、湯呑みで指先を温めた。小柳さん夫婦は農協に出かけていて、家にはお婆ちゃんしかいなかった。

「このまえ、うちの鶏がヒヨコを産んだんだよ」小柳さんのお婆ちゃんが言った。「卵じゃなくて、ヒヨコをぽんっとひり出したんだよ」

「お婆ちゃん、ボケるのはまだ早いですよ」

「本当なんだって！」

「じゃあ、ぼくもこのまえアゲハチョウに血を吸われたことにしときます」

お婆ちゃんが溜息《ためいき》をついた。

高津《たかつ》さんの家でもお茶が出た。高津さん夫婦もやはり農協に出かけていて、家にはご隠居のお爺《じい》さんしかいなかった。高津さんのご隠居は習字の先生で、ぼくも中学生のころに習ったことがある。

「こんなふうになっても、人間のやることはそんなに変わらん。食って、寝て、危ないものには近づかんことだ」

「そうですね」

「神が人間を罰しているのだと思うかね？」

「わかりません」少し考えてから付け加えた。「でも、そうかもしれません」

「神を信じてるのか？」

「わかりませんけど、うちの猫の名前はハワイ語で天国という意味なんです」

「なるほど！」高津の爺さんがはたと膝を打った。「直晴《なおはる》くんは逃げ出した天国を探しまわっとるというわけか」

「はい」

「天国があるなら、神もおるというわけだな」

「そういうことになりますね」

「直晴くんは今年でいくつになった？」

「もうすぐ二十です」

「もうそんなになるか……この村に引き取られてきたときはまだこんなだったがなあ」そう言って、高津さんは掌を下に向けて当時のぼくの背丈を見積もった。「天国が見つかるといいな」

「もし見かけたら捕まえといてください」

　集落に三軒ある野田《のだ》さんは親戚同士だ。本家の野田さん宅は早い時期にみんな死んで、蘇って、また村人に寄ってたかって殴り殺されてしまったので、いまは空き家になっている。

でも、誰に猫の考えなんてわかる？

もしかしたらラニがもぐりこんでいるかもしれないので、ぼくはいちおう訪ねて行った。段々畑のあいだの畦道《あぜみち》をのぼっていくと、花の蜜を舐めている白いカマキリを見かけた。汗ばむほどの陽気だけど、暦の上ではもうすぐ十一月になろうとしていた。暦というものにはもうあまり意味がなく、春夏秋冬は下手くそなポーカープレイヤーがでたらめに配るカードみたいだった。

畦道からクヌギ林を抜けると、そこが野田さんの本家だ。立派な門構えのお屋敷だったのは今は昔のことで、窓は破れ、まばらな屋根瓦からは草がぼうぼう生えていて、むかし白黒映画で見た羅生門《らしょうもん》のような様相を呈していた。家のまえの地面が焦げているのは、野田さんの家族をそこで焼いたためである。

ぼくは風向きをたしかめ、古い死者のにおい（濡れた靴下のようなにおい）のなかに新しい死者のにおい（血膿《ちうみ》のにおい）が混じってやしないかと鼻をひくひくさせた。雲ひとつない青空に、ヒバリの声がピーチクパーチク響き渡っていた。それからラニの名前を呼びながら、子供のころから何度も来たことがある家に上がっていった。

薄暗い廊下をとおって、仏間、お座敷、台所、風呂場、それから階段をのぼって二階の部屋もひとつひとつ開けてみたけれど、ぼくが探している猫はどこにもいなかった。そのかわり乾いた血で畳がどす黒くなった部屋や、いまも誰かが住んでいそうな部屋や、写真が散乱している部屋があった。何の気なしにひっかきまわしてみると、色褪せた写真のなかに子供のころのぼくがいた。ポンカンがたくさん生《な》っている樹のまえで、小学二、三年生のころのぼくが棒のように突っ立っていた。白地に水色のストライプが入ったランニングシャツを着ている。若くて綺麗な叔母がそばにいて、しゃがんだ彼女の膝の上に野田さんちの亜矢子《あやこ》がちょこんとのっていた。

亜矢子はおとなしい子だったけれど、中学にあがったころから急にグレてしまった。挨拶をしなくなり、なにか言われても耳に挿したイヤホンをはずそうともしなかった。夜遊びをするので、いつも不良たちに車で送り迎えをさせていた。でも、亜矢子は本当にグレてしまったわけではなかった。あとになってわかったのだけれど——というのは野田さん一家が全滅したあとという意味だけれど——野田さんちはおじさんのギャンブルのせいで田畑を売らなければならないところまで追い詰められていて、しかもおばさんがパート先の道の駅の店長とねんごろになっていた。いつだったか、道端にしゃがんでいる亜矢子を見かけて声をかけたことがある。

「なにが気に入らないんだよ、亜矢子?」

「ナオ兄ちゃんには関係ないよ」

「噂になってるぞ、おまえが派手に男遊びをしてるって」

亜矢子は鼻で笑い、おもむろに煙草に火をつけ、暮れなずむ空に煙を吹き流した。風が棚田の稲穂をさわさわ揺らし、クヌギ林のなかで鳥が啼《な》いていた。黄昏の空には星がちらほらまたたいていた。亜矢子は冷え冷えとした街灯の下で煙草を吸い、ぼくはいつまでもぐずぐずと居残っていた。

「言っとくけど、いまならあたしとやれるなんて思わないでね」

ぼくはびっくりして口もきけなかった。彼女に声をかけたことを後悔し、腹を立ててその場を立ち去ろうとした。

「冗談だよ」亜矢子はぼくの背中に声をかけた。「ナオ兄ちゃんとはずっといまのままがいいからさ」

ぼくはもう一度彼女のそばへ戻った。

「悪さをすればするほど、世界は単純になってくれるんだ」亜矢子が言った。「だって、やりたいってのも腹を立てるってのも、すげー正直なことじゃん?」

ぼくはそのことについてとっくりと考えてみた。亜矢子が気に入らないのは、周りが正直になってくれないからなのだろうか?

「泣きたいのに笑ってみたり、ムカついてんのにやさしくしてみたり、どうでもいいのにどうでもよくないふりをしてみたりさ……嘘ばっかで疲れちゃうよ、マジで」

たしかに容認よりも拒絶のほうが嘘は少ない。そしてときには嘘の容認よりも、正直な拒絶に慰められることがあるのかもしれない。そんな局面がないともかぎらない。ぼんやりと煙草をくゆらせている亜矢子を見ていると、ぬるぬると絡《から》みついてくる容認よりも、一刀両断してくれる拒絶のほうが少しばかり正しいような気がした。だって容認は停滞しかもたらさないけれど、拒絶はぼくたちの尻を蹴り上げて、とにかく望まない場所から遠ざけてくれるのだから。

「もしおまえが自分の親のことを言ってるんなら、それだってやっぱりおまえのことを気にかけてるからだろ。どうでもいいわけじゃないよ」

「あいつらは世間体を気にしてるだけだよ」

そこまではっきり言われてしまっては、返す言葉がなかった。

「大丈夫だから」亜矢子はにっこり笑って、アスファルトで煙草を揉み消した。「ちゃんとわかっていろいろやってんだから心配しなくていいよ」

まさにそのいろいろのせいで村人は亜矢子を疎《うと》ましく思っていたので、彼女が村で最初の感染者になったときは、それ見たことかとあまり深く考えもせずに頭を叩きつぶしてしまった。野田さんのおじさんやおばさんは亜矢子を蔵に閉じ込めて迷惑をかけないようにしますからと泣いてたのんだけれど、聞き入れてもらえなかった。亜矢子は車のなかで男といちゃついているときに、どこからともなくあらわれたへんなやつに足首をかじられた。村人に殺されたときも、まだ半分くらい正気だった。

もし叔母がいたら状況はちがっていただろうか？　写真のなかの亜矢子を眺めながら、とりとめもなくそんなことを思った。子供が大好きな叔母なら、野田さんの味方をして亜矢子を守ろうとしただろう。ただし、それが正しいことかどうかぼくにはわからない。誰だって死に対しては心の準備が必要なのだから、と叔母は主張するかもしれない。だけど、蔵のなかでもぞもぞ動きつづける亜矢子を見て、野田さん夫妻はそれでも一人娘が死んだことを受け入れられるものだろうか？　哀れな娘に食われてやるのも親の務めだなんて勘違いしやしないだろうか？　じっさい、亜矢子の弟の大樹《だいき》が感染したとき、野田さん一家は大樹をこっそり蔵にかくまった。村人が異変に気づいたときには、大樹はもう両親や祖父母に致命傷を負わせていた。

もし亜矢子がそのことを知ったらどう思うだろう？　正直さにかこつけた無関心よりも、偽りのやさしさのほうが罪深いとは、ぼくには思えなかった。死者はつねに正直で、けっして偽らない。でもぼくたちは生きているのだから、そういうわけにもいかないのだ。

写真を戻し、階段を下りて外に出ると、もう陽が暮れかけていた。秋の日は釣瓶《つるべ》落としだ。

死者が死者らしくふるまえない以上、生者になにができるだろう？　いったいどうすれば元の世界へ戻れるのだろう？　死者に好き勝手されるより、ぼくとしては度が過ぎた森林伐採をしたり、核爆弾をこしらえたり、遠い国で理不尽なテロリズムが横行したり、貧しい国で子供たちが餓《う》えたり、プラスチックゴミが溢れていたりする世界のほうがはるかにましだ。そんなことをつらつら考えながら、その日は捜索を切り上げ、棚田を下りて家へ帰った。

来る日も来る日も、ぼくはラニを探して歩きまわった。野良仕事をしている分家の野田さんや、軽トラックを運転していた丸山さんのドラ息子にも尋ねてみたのだが、ぼくの猫を見かけた者はいなかった。

気候は暑くなったり寒くなったりした。天空に台風の目みたいなものがあらわれて、いつまでも雲がぐるぐると渦を巻いていることもあった。それをじっと見上げていると、頭がくらくらした。

ぼくたちの集落から五キロほど離れた海辺に小高い丘があって、丘の上には赤い屋根の教会が建っている。そこに最近猫たちが集まっていると教えてくれたのは、たまたま行き違った寺の住職だった。

住職はまだ若く、どう見ても四十代前半くらいだった。近郷の仏事はすべて彼が取り仕切っていたが、彼は父親である先代の住職の跡目を継いだだけだということはみんなが知っていた。大学を出るや坊主になることを嫌がって家を飛び出し、方々をほっつき歩いた。劇団員やプロボクサーや政治家の秘書など、いろんな胡散臭《うさんくさ》い職業を転々とした。先代の住職は、好きな車を買ってやるから帰って寺を継いでくれと懇願《こんがん》しつづけた。そこで四十を目前にしてこの放蕩《ほうとう》息子はついに折れ、黒いマセラティを買ってもらうという条件で住職の座に納まったのだった。

農道をとぼとぼ歩いていると、若い住職がスクーターを停めて話しかけてきた。糞掃衣《ふんぞうえ》を着ているので、どこかで法要でもあったのだろう。彼はサングラスをはずし、太陽みたいにギラギラする目でぼくを見つめた。少し酒が入っているみたいだった。挨拶を交わしたあと、ぼくはこのへんで白地が多い三毛猫を見なかったかと訊いた。住職はそんなものは知らないと答え、それから急に思い出したように教会の神父のことを持ち出したのだった。

「夜になるとよく猫が鳴いてるそうだぞ。みんなはあそこの神父が野良猫に餌をやってるんだと言って腹を立てていたな」

礼を言ってその教会へ向かおうとするぼくを、彼は居丈高に呼び止めた。

「待て待て」住職は咳払いをひとつしてから切り出した。「おまえはこの状況をどう思う?」

「どうって……」ぼくは顔を伏せた。「よくわかりません」

「おれが思うに、この状況にはいろんな意味がある」と彼はまくしたてた。「まず、この世界に創造主がいることがはっきりした。死人が生き返るなんて、そうとしか考えられないからな。最近じゃ、葬式をやる家もずいぶん減ったよ。火葬場で遺体を焼くときも、棺桶がガタガタいうんだ。まるで生きている人間を焼いてる気分になるんだろうな。つぎに、その創造主は人間が創り出した宗教とはなんの関係もない。だってそうだろ? キリスト教徒だろうがイスラム教徒だろうが無神論者だろうが、みんな平等に死んで平等に蘇っているのがその証拠だ。どう思う?」

ぼくは呆気《あっけ》にとられてしまって、うんともすんとも言えなかった。なにを求められているのかさっぱりわからない。すると住職は臭いにおいでも嗅《か》いだみたいに顔をしかめ、舌打ちをし、ぺっと唾を吐いて走り去ってしまった。

住職のスクーターがもうもうと吐き出す白煙を見送ってから、ぼくは海辺の教会を目指して歩きだした。

風の吹く緑の丘から見晴るかすと、真っ青な海が午後の陽射しを受けてまぶしく光り輝いていた。

漁船の白い影が遠くに望める。

草原のなかの一本道の先に、赤い屋根の教会があった。歩いていると、自転車を押したふたり連れの男の子とすれちがった。どちらも十二、三歳くらいに見えた。ひとりはダウンジャケットに毛糸のキャップをかぶっていて、もうひとりは短パンにサンダル履《ば》きで色褪せたTシャツを着ていた。見ようによっては、北と南の人が中間地点でたまたま出会ったみたいだった。耳に入ってきた彼らの会話の断片から察するに、どうやら海で死んだ友達のためにお祈りを捧げてきた帰りのようだった。

「でもまさかイルカが人を食うなんてな」

ひとりがそう言うと、もうひとりが涙声で応じた。「いいやつだったのにな」

「そうだな」

ぼくは彼らを呼び止め、このへんで白地の多い三毛猫を見かけなかったかと尋ねた。ふたりは疑わしそうにぼくを見上げ、同時に首を横にふった。

「ちょっと聞こえたんだけど、友達がイルカに食べられたの？」

彼らは顔を見合わせた。どうやら余計なことを訊いてしまったらしい。ぼくは無神経を詫《わ》びて、ふたたび歩きだそうとした。

「なにもかもがあべこべになってしまったんだよ」

ふり返ると、どちらかが言葉を継いだ。「神父さんがそう言ってたんだ」

「なにもかもじゃないよ」とぼくは言った。「だって白は白で黒は黒、鳥は飛んでるし、魚だって泳いでるじゃないか。それに、きみたちは友達のままなんだろ？」

「こんなやつ、友達でもなんでもなかったんだ！」ふたりが異口同音にわめいた。「いつも喧嘩ばかりしてたんだ。町がこんなふうになってなきゃ、いっしょに遊んだりするもんか！」

「つまり、町がこんなふうになっていいこともあったってことだね？」

ふたりが口をつぐんだので、もうこれ以上ぼくの相手をするつもりがないのだとわかった。

教会を目指して坂道をのぼっていった。近づくにつれて、教会の屋根の十字架に止まっている鳥がカラスだとわかった。一羽だけじゃなく、十字架の横木いっぱいに止まって静かにぼくを見下ろしていた。空は雲ひとつない大晴天なのに、いつのまにか教会の上にだけ暗雲がとぐろを巻いていた。なにもかもがあべこべだなんて、そんなことがあるもんか。ぼくはカラスどもを睨《ね》めつけた。不吉なものは不吉だし、これからだって嫌な予感は嫌な予感のままで、わくわくするような気分とはぜんぜんちがうんだ。黒い雲は綿菓子のように寄り集まり、ときどきピカピカと放電したり、雨を降らせたりしていた。

石の踏み段をあがって重厚な扉を押すと、猫の声みたいに軋《きし》みながら開き、長方形に切り取られた外光が薄暗い会衆席に落ちた。

右手に銀の聖水盤がある。信者ならばその水に指を浸《ひた》し、十字を切って身を清めなければならない。ぼくは信者ではないけれど、信者のようにふるまうことにした。目を凝《こ》らすと、会衆席の最前列に人影がある。ぼくは身廊に足を踏み出した。

「すみません、教会の方ですか?」

がらんどうの教会のなかで虚ろに谺《こだま》する自分の声が不気味だった。面妖《めんよう》なことに、先細りに消えていくその声に甲高い女の笑い声が蛇のように絡みつき、いつまでも聞こえていた。だけど、最前列の人影はどう見ても男のようだった。祭壇にはイエス・キリストの磔《たく》像《ぞう》がかかっている。壁のステンドグラスはほとんどが割れ落ち、海からの風がやさしく吹きこんでいた。オルガンは焼けて黒焦げになっていた。

男のすぐうしろまで近づいたとき、彼が泣いていることに気がついた。彼は肩を震わせて泣いていた。足首まである長い法衣《キャソック》を着て、胸に十字架を下げている。神父であることに間違いなさそうだけど、足元を見ると蛇革のブーツを履いていた。

嫌な予感が胸のなかで渦巻いた。でも、なにもかもがあべこべなのだとしたら、それは良い予感なのかもしれないと思うことにした。

ぼくは神父の斜めうしろの席に腰かけ、彼が泣き止むのを神妙に待った。ときどき彼の震える肩を盗み見るほかは、じっとこうべを垂れていた。どれくらいそうしていたかわからない。ほんの二、三分だったような気もするし、何時間もただぼうっとすわっていたような気もする。そのあいだにぼくは、彼がじつは神父でもなんでもないのだという確信を深めていった。すると、まるでこちらの胸の裡を見透かしたかのように、彼が藪《やぶ》から棒《ぼう》に叫んだ。

「そうさ！　おれは神父なんかじゃない！」

ぼくはびっくり仰天して開いた口がふさがらなかった。彼が蛇革のブーツで床をドンドンと蹴りはじめたので、ぼくは立ち上がって足早に出入口へ向かった。扉はぼくが入ってきたときのままに開け放たれている。あともう少しで外へ出られるというところでふり返ると、神父が右手を高々と上げて指をパチンと鳴らした。

と、扉がぼくの鼻先でバタンと閉まった。

ぼくはギャッと叫んで、割れた窓のほうへ突進した。とにかく外へ出なければならない。プルメリアの咲く明るい陽射しのもとへと。頭にはそのことしかなかった。目の端に腕をひとふりする神父の姿がよぎる。すると、さっきまでたしかに粉々に割れていたはずのステンドグラスがすっかり元どおりに直っていた。いや、元どおりではない。色とりどりのステンドグラスに描かれていたのは牛と人と羊の頭を持ち、恐ろしげな獅子にまたがった魔神だった。足にはガチョウのような水かきがある。

「たすけて！　たすけて！」

ステンドグラスを拳でガンガン叩いたが、びくともしない。助命嘆願するぼくの声を、偽神父の悲痛な叫びが掻き消した。

「ああ、アスモデウス様！　なぜわたくしをこんな目に遭わせるのですか？　わたしがいったいなにをしたというのです⁉」

アスモデウス――たしかにそう聞こえた。ステンドグラスの魔神が牛と羊とガチョウを合わせたような声で笑いだす。どうやらこの魔神がそのアスモデウスのようだった。

「ああ、なにもかもがおかしな具合にねじくれてしまった。あべこべになってしまった……おい、小僧！」

ぼくは跳び上がった。顔を上げると、神父の顔がすぐ間近にあった。ぼくを睨みつけるふたつの目は黄金色で、瞳が猫みたいにぎゅっとすぼまっている。吐く息からは硫黄《いおう》のにおいがした。

「おれ様がなんに見える?」

ぼくは口をぱくぱくさせ、もごもごと「悪魔です」とつぶやいた。

「そうだろう!」我が意を得たりとばかりに、神父が声を張り上げた。「その悪魔がなんで神父のかっこうをしていると思う?」

ぼくはかぶりをふった。

「馬鹿め! おまえたち人間を堕落《だらく》させるためだ!」

そうだ。ぼくは力強く頷いた。それ以外に考えられないじゃないか。

「なのに、世界がこんなざまになっちまった」悪魔の目から涙がはらはらとこぼれ落ちた。「おれたち悪魔は人間に災いをなすために存在している。だが、善悪がひっくり返っちまった世界で、いったいどうすりゃ人間に災いをなすことができるってんだ? 人を殺せば、やつらはやっとこの苦界から解放されたとよろこんでやがる。しまいには、おれ様を本物の神父だと思いこむ始末だ。いまや善が悪で、悪が善なんだ。てことは、どういうことになるんだ? 悪さをしようと思えば、善いことをしなきゃならないってことか? だが、善いことなんかしたら、悪魔的には自己否定することになりはしないか?」

残念ながら、ぼくにはなんとも言えなかった。

「ああ、わたくしはいったいどうすりゃいいんですか、大魔王アスモデウス様！」

悪魔は跪《ひざまず》き、両手を組み合わせて天を仰《あお》いだ。見ようによっては、敬虔《けいけん》なクリスチャンのようだった。なんというパラドックスだろう。悪魔ですらこんなにも自分を見失っている。

「ときに小僧、おまえはなにをしにここへ来た？」

ぼくは蚊の鳴くような声で、猫を探しているのだと告げた。

「猫？　いま猫と言ったのか？　ニャアと鳴いて魚を食うあの猫のことか？」

「……はい」

「なんてこった！」彼は怒りにまかせて両手をふり上げた。「死者が生者を食らっているときに猫を探してるときたもんだ！　いったいこの国はどうなってしまったんだ？　もっとほかにやることがあるだろうが、ええ？」

「あなたが最近野良猫に餌をあげていると小耳にはさんだもので……」

「おい！」彼はぼくの胸倉《むなぐら》をねじり上げた。「なめるなよ、小僧。このおれ様が猫なんか可愛がるような女々しいやつに見えるのか？　どうなんだ？」

「……すみません」

「もしここに猫なんかが迷いこんできたら、おれ様がどうするか教えてやる。大魔王アスモデウス様の名にかけて、一匹残らず骨まで食ってやるぞ！」

「きっとそうだろうと思ったんです。だからぼくはそろそろ失礼したほうが――」

「いったいどんな猫なんだ？」

「……ただの三毛猫です」

「大事な猫なのか？」

大事と言えば大事だし、ちがうと言えばちがうとぼくは言った。

「名前は？」

「ラニです」

「ラニ？　ハワイ語で天国を意味する言葉を猫につけたのか？」

やはり悪魔というのは長生きしているだけあって博識なのだなと思いつつ、ぼくには謝《あやま》りつづけることしかできなかった。

「それで、おまえはべつに大事でもないその猫を探してどうしようってんだ？」

たしかに、ぼくはラニを探し出していったいどうするつもりなのだろう？　叔母の形見だから探さなければならないと思いこんでいただけで、じつのところ見つかっても見つからなくてもたいしたちがいはない。

それでも、ぼくはラニに帰ってきてほしかった。

もしかすると、証明したかったのかもしれない。世界がどんなふうにねじくれてしまっても、いや、世界がこんなふうにねじくれてしまったからこそ、けっして変わらないものがあるはずだと証明したかったのだ。

躊躇《ちゆうちよ》していたその一瞬のあいだに、いろんな想いが頭のなかで吹き荒れた。この悪魔にとってはいまや善が悪で、悪が善だ。ぼくはそんな考えには賛同できないが、この際それはどうでもいい。ぼくの思惑なんて、この世界にとっては無に等しい。問題はこの悪魔がそう信じているということだ。だとしたら、ことラニに関して言えば、ぼくは悪のスタンスを取るべきなんじゃないだろうか。そのスタンスは悪魔にとっては善ということになり、それに対してやつは悪をなそうとするはずだから、それはひっくり返ってぼくにとっては善ということになりはしないか？　いや、待てよ、もしやつがぼくに悪をなすつもりで善をなしたとすれば、それはぼくにとって最終的に悪ということになりはしないか……頭のなかがごちゃごちゃしてきたので、ぼくは考えることをやめ、とにかくダメ元でためしてみることにした。

「ぼくはその猫を殺そうと思っているんです」と言ってみた。

「ほう」沼の底で得体の知れない魚が身を翻《ひるがえ》したみたいに、悪魔の目がぬらりと光った。

「そりゃまたどうして？」

「ぼくは幼いころに両親を交通事故で亡くしました。それからは叔母に育てられたのですが、叔母はひどく残忍な人でした」虚実を織《お》り交ぜながら、腕のいいレンガ職人みたいに悪をひとつずつ慎重に積み上げていく。「えっと、ぼくは彼女に殴られながら育ちました。それはひどい仕打ちをずっと受けてきたんです。ぼくが探している猫はその叔母のものなんです」

悪魔が感心したように頷いた。

「その叔母も死者に食べられてしまいました。本当はぼくが自分の手で殺したかったのですが、いまとなってはもう叶いません。だから――」

「せめてそのアバズレの猫を殺してやろうってんだな？　見上げた心掛けだ！」

「あなたは先ほど、善悪がひっくり返ってしまったと言いました」

悪魔が目をすがめる。

「ぼくにとっては、あの猫を血祭りにあげるのは誰がなんと言おうと善です。ぼくが前へ進むためには、どうしてもやらなければならないことなんです。だから、もしあなたがぼくに災いをなそうと思うなら、ぼくがあの猫を見つけられないようにすればいいんです」

言葉を切り、しかるべき間を置き、それから逆説的に悪魔をそそのかした。「あなたがそうすれば、ぼくは猫を殺さずに済みます」

悪魔の顔が見る見る紅潮していく。にやりと笑った口のなかで、蛇みたいに先の割れた舌がよろこびに打ち震えていた。

「おまえは迷ってるんだな？　猫を殺したら、自分がどうなってしまうか怖いんだろ？　心配は無用だぞ。おまえの問題はその猫を殺すかどうかじゃない。自分でも気がついているんだろ？　これはな、我がしもべよ、勇気を出して本当の自分になるか、それとも本当の自分を押し隠したまま臆病者として生きていくかという問題なのだ」

ぼくはその問いかけに沈黙で答えた。内面の葛藤《かっとう》が滲《にじ》み出てくれることを願いながら。目をきょろきょろ動かすという小芝居までやってのけた。

「ああ、そのとおりです！」できれば涙のひとつも流したかったのだけれど、さすがにそれは無理な相談だった。「それこそがぼくの本当の問題だったのです！」

神父姿の悪魔が小躍りした。蛇革のブーツでタップを踏みながら、堕落の縁にある哀れな魂に最後のひと突きをくれるべく、黒くて長い爪の生えた手を揉みあわせた。けたたましい笑い声に目を走らせると、磔像のキリストが口を大きく開けてゲラゲラ笑っていた。会衆席の影が波打ったと思ったら、たちまち蜘蛛《くも》や狼や鶏の形になって教会じゅうを跳びまわった。焼け焦げたオルガンから楽しげな音楽が聞こえ、ステンドグラスの大悪魔が牛と羊とガチョウの声で呵々《かか》大笑《たいしょう》した。

「どうかあの猫をぼくのところへ戻してください」まるで鏡のなかで正しい方向を見定めようとしているみたいで、頭がこんがらがった。「どうか……どうかぼくに本当の自分と対面させてください！」

「行くがいい、我が友よ」悪魔がくるりと一回転して手をパチンと打ち鳴らすと、閉ざされていた教会の扉が勢いよく全開になった。「さあ、行ってその想いを遂げるがよい！」汐風がどっと吹きこみ、カラスどもが福音の如く舞い上がり、世界はついに黒い讃美歌に包まれたのだった。


そのようなわけで、ぼくは首尾よく悪魔を出し抜き、ラニを取り戻すことができた。ほうほうの体《てい》で家へ帰ってきたぼくを、猫は玄関先で待っていてくれた。少し痩せたみたいだけど、とても元気そうだった。靴を脱いで家に上がると、頭をぐりぐり押し付けて甘えてきた。ぼくは彼女を撫で、たっぷり餌をあたえてやった。いつものキャットフードには見向きもしなかったので、ためしにセロリをやってみたところ、旺盛な食欲をみせた。たとえ世界があべこべになってしまったとしても、やっぱりあべこべになったりしないものはちゃんとあるのだ。ばりばりとセロリを貪《むさぼ》るラニの背中を撫でながら、ぼくはそう思った。どうあっても、たしかなもの。揺るぎないもの。たとえば、そう、温かくて、ふわふわしていて、ときどきふらりといなくなってはぼくに心配をかけるようなものとか。

猫を取り戻すことができたぼくは突然、世界はもうすぐ元どおりになるはずだと確信した。いずれこの混乱に人間たちがすっかり慣れてしまえば、どんな突拍子もないことにも動じなくなる。善と悪、天国と地獄の見分けがいよいよつかなくなれば、人間は堕落のしようがなくなってしまう。堕落が救済で、救済が堕落になってしまう。そんなややこしいことがこれ以上つづいたら、ただでさえ困惑している悪魔たちは困り果ててしまうはずだ――ほとほとに。とにかく、それなりには。

そんな事態はきっと大魔王だってお気に召さないだろう。

ただしみ……………………………………尾崎世界観

名前：**岸山大雄**
カナ：**キシヤマタイユウ**
性別：**男性**
年代：**30代**
職業：**会社員**
弊社サービスをどこでお知りになりましたか？：**インターネット検索で**
弊社サービスの利用頻度を教えてください：**ほぼ毎日**
弊社サービスを利用する理由を教えてください：**正しさを求めているから**
弊社サービスに対する満足度を教えてください：**極めて満足**

弊社サービスに対するご意見・ご要望がありましたら、ご自由にお書きください：

特になし

　真昼の渋谷、画面の中にスクランブル交差点が映し出されている。街路灯をてっぺんに載せたストレートポールの上の方で、カラフルなフラッグが忙《せわ》しなくはためく。その手前で信号待ちをする大勢の人々の姿に、子供の頃に観た外国映画を思い出した。反乱軍を率いるスコットランドの英雄が、イングランド軍と死闘を繰り広げるあの場面だ。そう思って見れば、画面の中の通行人が肩にかけたり背中に背負ったりした荷物も、どことなく武器に見えてくるから不思議だ。そんな馬鹿馬鹿しい思考を、もったりした速度で左折する大型の観光バスが壊した。

　信号が青になると、待っていた人々が一斉に歩き出す。たしかあの映画の中では、ぶつかり合う人間同士の壮絶《そうぜつ》な死闘で血飛沫《ちしぶき》があがったりしたのだけど、画面の中の人々は、人々を当たり前のようにすり抜けていった。スクランブル交差点の中央は、まるで万華鏡の中のビーズやスパンコールみたいに、ころころと様々な模様になった。信号が赤になると、まだパラパラと小走りで駆ける人が渡り切るのを待って車が走り出す。しばらくするとまた信号が青になり、今度はそれを待っていた人々が歩き出す。ライブカメラの映像は、ただひたすらにこれの繰り返しだった。

自分が世の中にこんなにも正しさを求めるようになったのは、一体いつからだろう。テレビや映画を観ていても、人を傷つける言葉や表現が無性に許せなくなったのはいつからだ。悪質なドッキリを始め、マネキン風に仕立て上げた中性的な人間を、男、女、オカマの三択で当てるクイズ、水着姿で街中を走り回るグラビアアイドルのリレー等、子供の頃に親の目を盗んで夢中で観ていた下品なテレビ番組を記憶ごと消してしまいたくなったのはいつからだ。そんなテレビ番組も徐々に世論に追い立てられずいぶん大人しくなったものの、それはそれでどこか痛々しく、とても見ていられなかった。そうやって時代の流れに迎合する情けないメディアから距離を置くうち、いつの間にかこのライブカメラに行き着いた。

それ以上でもそれ以下でもなく、ライブカメラには正しさしかない。ただありのまま定点で淡々と街を切り取るそれに最初こそ物足りなさを感じていたものの、決して誰の意思も入れない清潔なライブカメラにどんどんのめり込んでいった。街を行き交う人々をぼんやり眺めているだけで、なぜか、静かにいつも腹の底が熱くなった。

２４３人が視聴中。３５１人が視聴中。５０４人が視聴中。その頼りない数字にこそ、いつもどうしようもない正しさを感じた。ところが、ある時期を境に、急激にそれが壊れていった。

２４０５２人が視聴中。１５２８５４人が視聴中。２１４７６８２人が視聴中。何かの間違いだと疑う暇もなく、画面左下に表示される数字はどんどん跳ね上がった。その異常な盛り上がりは、テレビのニュース番組を始め、ラジオや雑誌、ＷＥＢニュースでも取り上げられた。そうして皮肉な事に、それを伝える、それまで主要だったメディアに取って代わる形で、ライブカメラの勢いは更に加速していった。映像の合間に突如として企業広告が流れるようになったり、それまで使われていた間の抜けたフリー素材のＢＧＭが有名アーティストとタイアップした書き下ろし楽曲に変わったりした。災害時、ニュース番組の中継でたまに目にする、切迫した様子のアナウンサーの後ろに立ちスマートフォン片手に笑顔でこちらに手を振るバカな通行人、あの手の人間も、人気に乗じて増えていった。

いつからか、無料の会員登録が必要になった事にも驚かされた。登録の為には簡単なアンケート入力が必須で、たかだかライブカメラくらいでと毒づきながら、しぶしぶそれぞれの項目を埋めた。さらにここへ来て有料プレミアム会員の受付まで開始されるという。プレミアム会員になれば合間に広告が流れたりもせず、ズームや細かいアングル調整といったオプションまで付いてくるらしい。それでもなかなか入会に踏み切れないでいるのは、やっぱり自分が正しさを求めているからに他ならない。まだ自分は、金銭など介在しない、あの頃のただひたむきなライブカメラを信じていたかった。

　何か大事な物を盗まれた気分で、若手俳優や人気お笑い芸人が出演する企業広告を眺める。そして耳障《みみざわ》りな音が止めば、ちゃんとまたいつもの定点が帰ってくる。しばらくするとまた企業広告が流れるから、いつ来るとも知れない瞬間に備えてこうして体を強《こわ》ばらせている。久しぶりにテレビを付ければ、時代遅れの人々がしきりにまだコミュニケーションをしていて、ＷＥＢサイトを覗《のぞ》けば、時代遅れのクリエイターが自身のインタビュー記事を通してまだ視聴者の想像力に訴えかけたりしている。とにかく、誰かの意思や意見が邪魔で仕方がない。３４９３５２３人が視聴中。４９８８２４７人が視聴中。ライブカメラはもう止まらない。

　照りつける日差しの中、信号待ちをする人々をずっと見ている。それ以上でもそれ以下でもない、ただの信号待ちだ。正しく待って、正しく渡る。人々の何気ない待ち時間が安心をくれる。そんな事より、この曲良いな。ＢＧＭとして使われている有名アーティストの新曲が、だんだんと気になってきた。

〈いつしか変わりゆく街の片隅で　いつまでも変わらないものを探して〉

サビのフレーズを小さく口ずさみながら、点滅する信号をじっと見ていた。

名前：先尾市朗
カナ：サキオイチロウ
性別：男性
年代：10代
職業：学生
弊社サービスをどこでお知りになりましたか？：友人からの口コミ
弊社サービスの利用頻度を教えてください：週に5日程度
弊社サービスを利用する理由を教えてください：両親に異常なものを禁止されているからです
弊社サービスに対する満足度を教えてください：やや満足
弊社サービスに対するご意見・ご要望がありましたら、ご自由にお書きください：夜中の時間帯に視聴する事が多いので、見やすいように、できればもっと画面全体を明るくして欲しいです真夜中の秋葉原、画面の中で小さな点が、ゆっくり、少しずつ、左から右へ動いてる。よく目を凝《こ》らすと、それが横断歩道を渡る人間だって事がわかる。相変わらず、黒い点はもぞもぞと何か気まずそうなスピードで進んでる。ちょうど渡り終わった頃にチカチカと信号が点滅して、しばらくすると、今度は車のライトがあっという間に画面の中を通り過ぎていった。たまにポツポツと、雨の降りはじめみたく何かが動く。あとはずっとそのまで、ところどころ暗闇を街の光が照らしてる。

ディスカウントショップのシャッターに書かれた店名が、画面の奥でぼんやりと文字になろうとしてた。しんと冷えた夜の空気だけが、街の音になって画面から伝わってきた。シンセサイザーの単音をいくつか重ねただけの陽気なＢＧＭは、人気《ひとけ》の無い街に間抜けな活気を与え続けてる。

一体いつからだろう。両親が僕の目に触れるものすべてを正常か異常かで細かく選別するようになったのは。あれもダメ。これもダメ。そうやって削ぎ落としていって、やっと辿り着いたのがライブカメラだった。これなら両親に許されたし、僕もこれを自分に許した。

今起きてる出来事をありのまま映すライブカメラには、全く間違いがない。たとえ今から画面の中で通り魔が殺人を始めたとしても、ありのままのそれは間違いじゃないのかもしれない。通り過ぎる車のヘッドライトが照らす場所だけがくっきり浮かび上がって、またすぐに黒くなった。

クラスの同級生が夜中に親に隠れてエロい映像を見てる頃、僕はライブカメラを見てる。女の裸なんてもちろんダメに決まってるけど、ライブカメラなら安心だからだ。ライブカメラはいつだってつまらないけど、だからこそ間違いない。

静かな画面の中とは対照的に、外はいつも活気に満ちてた。今この瞬間も、大勢の人達が街を見守ってる。僕はもう、だんだんと抑えきれなくなってきた。こうやって、ライブカメラを見ながら街そのものに欲情する人間が最近増えてるらしい。コメント欄は多くの書き込みで賑《にぎ》わってて、中の街だけが相変わらず静かだ。

「あの信号エロいね」

「ヌケる」

「抜いた」

「キモい」

「きも」

「は?」

「見えちゃう」

「出ちゃう」

「出せよ」

「もう出たよ」

「早」

「早っ」

「はえーよ」

「ほえー」

「出たで候《そうろう》」

いつからか、深夜になるとこんな書き込みでコメント欄が埋まるようになった。同じ感性を持った人間が居ることに安心したけど、うんざりもしてた。僕は手早くズボンとパンツを下ろして、ティッシュを四枚ひったくった。ごく自然な成り行きで、いつからかこうして、夜の街を見ながらするようになった。何の面白みもない街に、その間違いなさに、性的興奮を覚えるようになったからだ。

道路をすべるタイヤの音をいつまでも耳が離さない。丸めたティッシュをゴミ箱に落としたら、底の方で湿った音がして、誰かに名前を呼ばれたような気がした。画面の中には、相変わらず人気《ひとけ》のない街が映し出されてる。

交差点の一角、いつもと同じ場所にまた人が集まってるのを見つけた。きっとダンスの練習でもしてるんだろう。そう思って今まで気にもとめてなかったけど、今日はふと思い立って、米粒くらいの大きさのそれに人差し指と親指をあててみた。そのまま拡大してみたら、画面の中の人物はスカートのようなものを穿いてて、どうやらダンサーじゃない事がわかった。もっと拡大してじっくり眺めてみる。粗くなった画面に、細めた目をぐっと凝《こ》らす。すると、それが学校の制服だとわかった。その手に、何かボードのような物を持ってるのも確認できた。ＪＫリフレだ。制服を着た女子高生風の女が客にマッサージをしたり、させたりするサービスがあるって、前にネットで見た事がある。あれがＪＫリフレの客引きだとすれば、その横は恐らくメイド喫茶だ。腰の辺りから飛び出してるのはスカートのフリルで、太ももの辺りまで伸びてるのは白いニーハイソックスに違いない。

こんな深夜に、滅多に人通りの無い場所で呼び込みをするなんて異常だ。気がつかなかったとは言え、僕はさっき、この異常を見ながらした事になる。画面の中でもぞもぞ動く制服やメイド服が急に汚らしく思えてきて、すごく気持ち悪くなった。冷めた頭とは逆に、股間《こかん》の辺りだけがまだだるくて重い。ドアの向こうに寝静まった両親の気配を感じながら、何か取り返しのつかない事をしたと、画面に向けて深いため息を吐いた。

名前：**上村修介**
カナ：**カミムラシュウスケ**
性別：**男性**
年代：**30代**
職業：**自営業**
弊社サービスをどこでお知りになりましたか？：**インターネット広告**
弊社サービスの利用頻度を教えてください：**初めて**
弊社サービスを利用する理由を教えてください：**ただ何となく**
弊社サービスに対する満足度を教えてください：
弊社サービスに対するご意見・ご要望がありましたら、ご自由にお書きください：

夕方の新宿、全国チェーンのメガネ屋の前で見覚えのある人物を見つけた。思わず前屈みになって、ぎゅっと目を細める。真剣に何かを見る時にそうするのが視力の悪い私の昔からの癖で、子供の頃、その事でよく周りから揶揄《からか》われていた。

驚いた私は、細めていた目を大きく開いた。子供の頃、細くなった私の目を揶揄《やゆ》ってい
たうちの一人である川山が、メガネ屋の制服らしきものを着て一生懸命呼び込みをしてい
たからだ。リズミカルに体を揺らしながら何かを叫ぶ川山に、通行人が好奇の目を向けて
いる。その事が、遠目にも何となくわかった。川山は私の小学校の同級生だ。あの肩から
背中にかけての愛想のいい丸みに、たまらなく川山を感じてしまう。

川山はいつまでも店の前に立っていて、人波に紛れて一時姿を消しても、それが途切れ
ればまたすぐに姿を現した。私は画面から目を逸らして、右手首の裏、縦に走る傷跡を見
つめた。七針縫《ぬ》ったその傷は、小学五年生の時、川山と二人で遊んでいて作ったものだ。

当時、私が住んでいたマンションの九階、貯水槽《ちょすいそう》が設置されているちょっとしたスペー
スに彼とよく忍び込んでは、二人して秘密基地にいるような気分を味わっていた。ある日、
段になってせり出した場所にふざけて片足で立つ私を、川山がちょんと押した。わっと驚
く声よりも先に、バランスを失った私の体が前に飛んだ。どうせ落ちるのなら、いっそ飛
んでみた方が面白い。その方が押した川山だって楽しいだろう。ほんの軽い気持ちで着地
してみて初めてわかったのだけれど、コンクリートの地面だと思っていたそれはガラスだ
った。ガラスは、私が足で踏んだ部分から咄嗟に突いた右手の部分まで、流れるように割

れた。空いた穴から下を覗くと、八階の共用廊下に散ったガラスの破片がキラキラ光っているのが見えた。

「ねえ。なんかなってない?」

怖くて自分で確かめる事ができず、目をつぶったまま熱くなった右手を差し出す私を見て、口を真横に広げた川山が後ずさった。

「なんか、ぱっくり開いちゃってる」

確かにぱっくりだ。川山の口を見ながら私がそう思う間もずっと、熱くなった自分の右手からはおかしな気配が漂っていた。後ろを振り返ると、今さっき自分がぶち破ったガラスに大きな穴が空いている。気が動転しているせいか、痛みはまるで無かった。上手く血管を避けて切れたらしく、十二階にある家に帰るまでの間、階段にはほんの数滴の血しか垂れなかった。ドアを開けてすぐ、玄関先からリビングの父親に声をかけた。

「ねえ。これって大丈夫?」

父親が何か言う前に、その顔でもう全部がわかった。骨が見えてるから、すぐに病院に行かなきゃ。それを聞いた私の体は、熱いまま冷たくなった。すすり泣く川山の声を聞きながら、父親と一緒に病院へ向かった。

「痛いぞ。ちょっとガマンしてな」

髭もじゃの先生はそう言って、私の右手をぐっと摑んだ。そして、まるで先生の方が痛いみたいな顔をして傷口に消毒液を塗《ぬ》った。その途端、やっと思い出したかのように傷口が痛んだ。顔を背けて目を瞑ったままでも、その痛みで傷の形がはっきりとわかった。治《ち》療《りょう》を終え、包帯でぐるぐる巻きになった右手をかばいながら家に帰った。

「ごめん」

リビングで背中を丸めた川山が、喉《のど》からそう絞《しぼ》り出した。それを聞いて、私は良い気分だった。いつもちょっと偉そうにしている川山のこんな姿を見るのは初めてだったし、変な臭いがするからお前の家には行かないと言い張っていた彼が、大人しく我が家で留守番している事が面白かった。何より、これからしばらくの間、自分が圧倒的な被害者でいられる事が嬉しかった。ガラスに手を突いた時の、世界のようなものに触れたあの感触を思い出して得した気分にもなった。色んな気持ちがぐるぐるしていて、その夜はなかなか眠れなかった。

傷口の抜糸《ばっし》をする日、川山の父親は、どうしても病院まで車で送迎させて欲しいと言って聞かなかった。車酔いをする私はあまり乗り気ではなかったけれど、ついてきた川山が相変わらずしおらしくしているのをもっと近くで見ていたくなった。

へーきへーき。駐車場に入れた方が良いと忠告する私の父親に耳を貸そうともせず、川山の父親は顔の前で手を振り笑った。無事に抜糸を終え外に出ると、病院の前に路上駐車した車のサイドミラーに何かがぶら下がっていて、それを見た川山の父親は頭を掻《か》きながら舌を鳴らした。帰りの車内では誰も口を聞かなかった。サイドミラーにぶら下がった黄色い札が揺れる度、なぜだかこっちが申し訳なくなった。

「だからちゃんと駐車場に入れろって言ったじゃねえか」家に着くなりもの凄い剣幕《けんまく》で怒り出した父親の顔を、今でも昨日の事のように思い出せる。

次の日から、川山は露骨《ろこつ》に私の事を避けるようになった。数人のグループを作って教室の隅から私をジロジロと見ながら、ひそひそ何かを囁《ささや》き合ったりした。それでも私の右手には、相変わらず、世界のようなものに触れたあの感触が残っていた。

画面の中では、川山がまだリズミカルに体を揺らしながら呼び込みをしていた。制服を着た学生グループがそれを遠巻きに眺めて笑い合っている。その中の一人が、ポケットから取り出したスマートフォンでリズミカルに揺れる川山を撮影し始めた。ライブカメラには、何も知らず無防備に揺れる川山が映し出されている。

5238756人が視聴中。

今とんでもない数の人々が、揺れる川山を見ている。そして、きっと川山はその事を知らない。私だって、こんな世界がある事をさっきまで知らなかった。私はこれからも、こうして川山が揺れるのを見ながら、ささやかな復讐《ふくしゅう》をするだろう。
休憩《きゅうけい》時間にでもなったのか、画面の中で突然体の動きを止めた川山が、ぐったりと背中を丸めて店の中に入っていった。

名前：**山本美樹**
カナ：**ヤマモトミキ**
性別：**女性**
年代：**20代**
職業：**アルバイト**
弊社サービスをどこでお知りになりましたか？：**インターネット検索**
弊社サービスの利用頻度を教えてください：**ほぼ毎日**
弊社サービスを利用する理由を教えてください：**くだらないエンタメ業界に嫌気がさしたから**

弊社サービスに対する満足度を教えてください‥**極めて満足**
弊社サービスに対するご意見・ご要望がありましたら、ご自由にお書きください‥
事務所に所属している芸能人を徹底的に排除すること

夜の新宿歌舞伎町、画面の中で数人の黒服が客引きをしている。迷惑そうにそれを避けて歩くスーツ姿の通行人は、なおも立ち塞《ふさ》がる彼らに目もくれず、さっさとそこを通り過ぎようとする。街の音声がBGMに遮《さえぎ》られていても、黒服が通行人に何か叫んだのが、その体の動きではっきりとわかった。そして、振り返った通行人からも確かな殺気が伝わってくる。やがて数人の黒服に飲みこまれ、通行人が見えなくなった。でも次の瞬間、ぱんと割れた黒服達の中から通行人が出てきた。吹き飛ばされた黒服達はもう一度通行人めがけて集まってきて、また吹き飛ばされた。薄汚れた路上に転がる黒服達が、仁王立《におうだ》ちした通行人を恨めしそうに見上げている。

また代理店案件だ。ここ最近、広告代理店と企業がタッグを組み、ライブカメラをプロモーションツールとして利用するケースが目立ってきている。それぞれの時間帯で細かく区切られた枠《わく》を買い、仕込みの役者に芝居をさせ、合間に入る広告にとって都合の良い流れを演出したりする。その事が視聴者にバレバレなのは、何よりも視聴者数が物語っていた。ならば一体、さっきの小芝居は何の広告の演出だろう。そう思って見ていると、悪質な客引きは迷惑防止条例で禁止されているその旨《むね》が大きくテロップで流れた。今やこうして東京都までもが、ライブカメラに出稿して広告を流すようになった。通行人役の男がぺこっと頭を下げると、路上に転がっていた黒服役の男達がゆっくり起き上がった。スーツに付いた汚れを手ではたきながら、気まずそうに肩をすぼめて画面から出ていく。どうせやるのなら、せめてもう少し上手くやって欲しい。もっと街や通行人などの素材を生かしたオーガニックな広告を打てば良いのに。すぐに他者を一般人とみなす「型」のついた役者には、とても荷が重かった。やがていつもの風景と共に徐々に視聴者数が戻ってきても、まだ何となく空気はズレたままだ。そんな空気を元に戻すほどの力をやはり一、般、人、は持ち合わせていないし、持ち合わせていないからこそ一般人だと言える。

これまで他のライブカメラチャンネル内でも、代理店案件は度々問題になってきた。たとえば原宿の路上では、オーディションを勝ち抜いた大手芸能事務所所属の若手俳優が、大御所のプロデューサーや監督のもとで安っぽいドラマを繰り広げたりもしている。そしてその様子が、全国の映画館でライブ中継されるようになった事も記憶に新しい。まだライブカメラの本質を理解しきれていないエンタメ漬けの化石業界人は、今日も亡霊となってライブカメラに取り憑《つ》いている。

もう夢を諦《あきら》めた側の人間としては、こんな世の中になってくれて良かったとさえ言える。こうしてライブカメラを見ていると、昔よく出場していたカラオケバトルを思い出した。予選を勝ち抜いて全国から集った歌うま達が、カラオケで高得点を競い合うテレビ番組だ。ライブカメラはまるで、歌唱中に声の揺れを測定するあの機能だ。画面の下を流れる歌詞と一緒に、こぶし、しゃくり、ピッチ、フォール、それぞれをクリアした際はそこがキラキラと輝く。反対に音程がズレた場合には、その部分が赤くなる。だからこうして通行人や車が通り過ぎるのを見ていると、街全体が、まるで上質な音楽に聴こえてくる事がたまにあった。

長い下積みの末ようやく歌手デビューしたもののなかなか芽が出ず、レコード会社との契約が切れたタイミングでマネージメント事務所の俳優部門に移った。それでも一向に売れる兆《きざ》しは無く、オーディションにもことごとく落ち続けた。そんな時、新型のウイルスが世界的に拡まり、エンタメのあり方も大きく変わってきた。感染リスクを考慮すれば、空間を共有して生の熱を伝える事には常に不安や後ろめたさがつきまとう。そうやって徐々に、人との接触を要するエンタテインメントは軒並み衰退していった。中止。延期。ライブ配信。それらはどれも妥協策でしかなく、決して打開策にはなり得ない。周りのライバル達が死に物狂いでチャンスを摑み取ったはずのドラマ、映画、バラエティ、ライブ、舞台、そのどれもが中止、延期を余儀《よぎ》なくされた。世の中がぐちゃぐちゃに引き裂かれる中、あれだけ羨《うらや》んでいたライバル達が悔し涙を流すのを横目に、一人虚しくほくそ笑んだりもした。緊急事態宣言が出された自粛期間中、何となく街に今どれだけの人が出ているか気になって見てみたのがきっかけだった。あの時、ライブカメラは何よりも深く寄りそってくれた。

今度は画面右端から若い男女が歩いてきて、中央よりやや左で立ち止まった。通行人にしてはやけに華やかな二人は、もう街から完全に浮いてしまっている。この場合、それぞれが醸《かも》し出すオーラは何の役にも立たない。悪目立ちしながら、それでも二人は一生懸命に芝居を続けている。歩いて行く女を男が呼び止め、後ろから抱きしめた。すると画面が数秒間暗転して、さっきの男女が演じたのとそっくりそのまま同じシーンで構成された映画の予告が流れる。

〈新時代を彩る極上のラブストーリー〉

今週末公開予定のその映画は、キャッチコピーだけでもう時代遅れだという事がわかる。今やどの映画館でも、多くのスクリーンがライブカメラのライブビューイングに使われてしまっているのだから、この映画が小規模の単館公開だというのも無理はない。映画館から映画を追いやったライブカメラ内で映画の宣伝をするなんて、何て惨めな事だろう。予告が終わり、ライブカメラの映像に切り替わった。画面の中の二人はまた芝居を始めた。

まだテレビが影響力を持っていた頃、深夜番組で若手お笑いコンビのネタに辛辣なコメントをぶつけていた自称お笑い好き俳優の彼が、画面の中で笑えるほどくだらない小芝居をしている。

「ちょっと待ってくださいよー」

彼にこき下ろされた時の、若手芸人のあのオーバーなリアクションを思い出した。自分が諦めた夢を摑み取ったライバル達が、今こんなにもまた夢にすがりついている。その姿は酷く滑稽《こっけい》だ。

若い男女はもう姿を消していて、画面にはただの街が映っていた。ちょっと待ってくださいよー。何を追いかけているわけでもないのに、頭の中で何度もあの切実な叫びを思い出していた。

名前：**武吉千絵**
カナ：**タケヨシチエ**

性別：**女性**
年代：**40代**
職業：**会社員**
弊社サービスをどこでお知りになりましたか？：**転職先でたまたま**
弊社サービスの利用頻度を教えてください：**ほぼ毎日**
弊社サービスを利用する理由を教えてください：**仕事で扱う商材として**
弊社サービスに対する満足度を教えてください：**どちらとも言えません**
弊社サービスに対するご意見・ご要望がありましたら、ご自由にお書きください：
嘘偽りなく世間そのものを映す、これを徹底してください

早朝の浅草、こぢんまりとした交番の奥に雷門の大提灯《おおぢょうちん》がぶら下がっている。こんな時間にもかかわらず、月刊ライブカメラ編集部は活気に満ちていた。辺りを包む熱の中には、徹夜明け特有の疲れた人間が放つ脂っぽい体臭も混じっている。オフィスチェアにもたれた編集部員達は、たった今、来月号の特集「浅草の朝」が校了したばかりだ。付録のペーパージオラマは大人気で、先月号はそれが話題となり、異例の増刷がかかったほどだ。一昔前のユーチューバーに取って代わって、ここ数年、ライブカメラーが急増している。

置いてみた動画でバズった人気ライブカメラーが表紙を飾る号はもちろんの事、有名カメラマンが、人気ライブカメラチャンネルと同じ画角で街を撮り下ろすシンプルな表紙も根強い人気がある。雑誌内に入る広告のほとんどがビデオカメラのもので、その他は三脚やケースといったアクセサリー類のものがポツポツとある程度だ。下世話な週刊誌や偏ったヘイト雑誌、提灯記事で埋め尽くされた音楽専門誌、様々な編集部を転々としながら辿り着いたのが、ここ月刊ライブカメラ編集部だった。嘘偽《うそいつわ》りなく世間そのものを映し出すライブカメラのこの広がりは、今思えば必然だったと思う。

たとえば今、早朝の浅草で犬を散歩させている老人や老人を散歩させている犬、そうした一つの出来事が二つに割れてまたくっつく。ただそれを見ているだけでわかってしまう。澄んだ空気の中、それ以外はじっと画面の中で固定されているのに、人間はとことん自分勝手だ。交番から出てきた警察官が、自転車にまたがってどこかへ走って行く。でも、ライブカメラはそれを追わない。街はそのままで、人間だけが延々と出たり入ったりしている。

「お疲れ様でした。こんなので申し訳ないけど」

編集長の橋高《はしたか》さんが、こっちに缶ビールを差しだして苦笑いを浮かべている。軽く会釈《えしやく》して受け取った缶ビールが、徹夜明けの体にずしりと重たい。ほどなくして、狭い編集部のあちこちでプルトップを起こす音が聞こえた。親指に付いた泡を舐めてから、控えめに掲《かか》げた缶ビールをひと口飲んだ。口に広がる苦みに顔をしかめながら、じっとりと何かが満たされていくのを感じる。八割ほど飲み、残りを流しに捨てて会社を出た。

家に着いてすぐにシャワーを浴びた。布団に入った頃には、もう朝の十時を過ぎていた。目を閉じてもさっきまで見ていた浅草の光景がまだ目の裏に焼き付いている。赤い大提灯は、どんなに見つめてもびくともしない。小さく開けた口から心地良い疲れを吐き出しながら、だんだんと眠った。

目が覚めた時、辺りはもうすっかり暗くなっていた。寝過ぎたのか頭が痛い。起きあがり、付けっぱなしにしていたデスクトップＰＣの前に立った。

夜の台東区三ノ輪、人通りは無く、たまに思い出したように車が通り過ぎる程度だ。〈べつにウチは味で勝負してるわけじゃない系〉ラーメン屋の電飾だけがやたらと元気だった。

まだ寝ぼけている目の端で、火を見つけた。ライブカメラ特有の刺すような静けさの中で、赤く赤く火の手が上がっている。何度見返してみても、画面中央よりやや奥、横断歩道を渡った先の一角で何かが燃えている。その瞬間、これが来月号の表紙を飾るライブカメラのライブカメラチャンネルである事を思い出した。もう撮影は済ませ、データも入稿済みだ。

こういった目立たない場所にライブカメラを設置する場合、手っ取り早く視聴者を増やす手段としてリアルにそこに火事を起こす。最近、そんな炎上系ライブカメラーが急増していた。だからこそ、キャリアもありもうすでに一定の評価を得ているはずの彼がなぜこんな行動を起こすのか、よく理解できない。果たして、視聴者数はみるみるうちに増え、コメント欄も視聴者の驚きで溢れかえっている。

火の周辺から立ちこめる黒煙が画面全体を覆った。数人の野次馬《やじうま》が集まってきて、遠巻きに何かを叫んでいる。その中の一人が、スマートフォンを手にしてどこかに電話をかけだした。その間も野次馬はどんどん増え、負けじと火の手も勢いを増していった。街を包む黒煙は今にも画面から飛び出しそう。ほどなくして消防車、パトカー、救急車の順にやってきて、更に画面が忙しくなった。たとえ画面には映っていなくても、その音やサイレンでじゅうぶんに緊迫感が伝わってくる。そのせいか、画面全体に作り物めいた白々しい空気が漂っていて、本来のライブカメラとは程遠い下品な映像になってしまっている。

消火活動が始まっても視聴者数は増え続けた。どうしてだろう。今、彼が炎上させる理由がやっぱりわからなかった。もうこれだけの騒ぎになった以上、来月号の表紙差し替えも覚悟しなければならない。ふと、朝に飲み残したあの缶ビールを思い出した。飲まなかったはずの、もうただ苦いだけの水が、口の中にゆっくり広がっていった。

次の日、とあるユーチューバーのユーチューブチャンネル内で〈人気ライブカメラチャンネルを物理的に炎上させてみた〉という動画を見つけた。そのユーチューブチャンネル内にかつての人気ぶりは見る影もなく、ぱっと目についたどの動画も、すべて三桁の再生回数にとどまっている。

あっさりとユーチューバーからライブカメラーに転身し、まんまと成功している彼の事がどうしても許せなかった。加害者のユーチューバーは、動画の中でそうふてぶてしく動機を語っていた。

名前：田西憲作
カナ：タニシケンサク
性別：男性
年代：20代
職業：アルバイト

弊社サービスをどこでお知りになりましたか？：**駅で女子高生に声をかけられたから**
弊社サービスの利用頻度を教えてください：**自分が出勤した日に合わせて見てる**
弊社サービスを利用する理由を教えてください：**自分が出てるから**
弊社サービスに対する満足度を教えてください：**やや満足**
弊社サービスに対するご意見・ご要望がありましたら、ご自由にお書きください：
できればもっと寄りで映して欲しい

朝の有楽町、駅前で道路工事をやってる。作業服を着た作業員達の中で、一際鮮やかな真っ青の制服に身を包んだ俺の顔は冴えない。交通誘導の警備員は常に肩身が狭くて、着がえも満足に許されてない。現場によっては荷物の置き場すら無くて、植え込みの段差に乗せた使い古しのボストンバッグが、ゴミと間違えた業者に回収される事もある。

忙しく動き回る作業員達に常に気を遣いながら、オモチャみたいな誘導棒を振って車や通行人にペコペコ頭を下げる。年度末に急増する道路工事を受け持った場合、どうせ来年度の予算確保の為だと思うと、なかなかモチベーションも上がらない。ここ、前も掘ってなかったか。せっかく掘るならせめて新しい場所にしてくれ。目の前に広がる特に代わり映えのしない穴に、つい自分自身を重ねてしまうのだった。

そもそも、素人目に見ればただ壊してるようにしか見えない。得体の知れない作業の為にひたすら頭を下げ続け、どんなに努力しても感謝されるどころか、疎《うと》ましい目で睨まれたり舌打ちされたりする。つくづくやり甲斐《がい》の無い仕事だった。休憩時間になれば、連れ立って食事に向かう作業員達を尻目に、一人寂しく家から持参したおにぎりを齧《かじ》る。それもあっという間に食べ終えて、丸めたアルミホイルを手の中で弄《もてあそ》んで時間を潰す。それが俺の日常だ。


「さっきまで見てました。お仕事お疲れ様です。大変だと思いますけど、ゆっくり休んでまた明日からも頑張ってくださいね」

ある日の仕事帰り、駅のホームで若い女子高生から声をかけられた。照れた様子で差し出すペットボトルのお茶を俺が受け取ったら、小走りで改札の方へ駆けていってしまった。それを目で追うと、向こうで待ってた同級生らしき女子高生達に揶揄われながら、さっきとは打って変わって嬌声《きょうせい》をあげてる。

家に帰ってPCを開いて、ようやく納得した。つい最近WEBニュースにもなった有楽町の人気ライブカメラチャンネルに、たまたま今俺が派遣されてるあの工事現場が映り込んでるのを見つけたからだ。コメント欄を見てみると、作業員だけでなく、警備員に対するコメントも多く書き込まれてた。

「警備員、顔死にそう」

「警備員がんばれ」

「警備員w」

「警備員の飯おにぎり」

「おにぎりの具、気になる」

「むしろちゃんと具が入ってるか心配」

「警備員よく見るとイケメン」

「たしかに」

「警備員、ヘルメット取って」

体が熱くなるのを感じた。目の前の画面に、無人の工事現場が映し出されてる。それを見た俺は、今すぐ現場に行ってあの誘導棒を振りたくなった。こんなにも自分に承認欲求があった事に驚きながら、いても立ってもいられなかった。色々と調べていくうちに、このチャンネルは他のものと比べて、かなり寄りのアングルで街をとらえてる事もわかった。

次の日、ライブカメラを録画予約して仕事に出かけた。やっぱりこの日も、帰り道で数人に声をかけられた。電車内で向かいに座った同世代くらいの男から、嫉妬《しっと》の入り混じった視線を向けられてる気がした。

　家に帰って、さっそく録画予約してたライブカメラを見た。定点のライブカメラに、見慣れた工事現場が映ってる。画面真ん中よりちょっと左に、鮮やかな制服を着た俺を見つけた。右手に持った誘導棒が、俺に俺の居場所を教えてる。俺はカメラの方を意識しながら、何度もヘルメットを脱いだ。その都度作業員に注意されたって、べつにお構いなしだった。事前に確かめておいたあの三角コーンを目印にして、しっかりカメラアングルを意識してる。その周りの作業員達はカメラの存在に気付いてないようで、誰一人変わった様子もなく淡々と工事を続けてた。

　８７２５９１４人が視聴中。これだけの人間に見られてるという事に、やっぱり体が熱くなった。音声が拾われない事を知ってても俺は手を抜かない。笑顔でハキハキと通行人に声をかけ続けて、九十度に体を折ってお辞儀をしてる。それとは対照的に、中のシャツをわざと出してズボンを腰で穿《は》いたり、革靴の踵を踏んだり、制服で遊んでちょい悪な感じをアピールしたりもしてる。

　ついに休憩時間になった。画面の中の俺がそわそわしてる。作業員達はいつも通り、俺を置いて食事に向かった。残された俺はヘルメットを脱いで髪を整えながら、自動販売機を探してる。それからガード下に並ぶ寂れた飲食店と飲食店の間に自動販売機を見つけて、急いで横断歩道を渡った。一度画面の中から消えた俺が、すぐに缶コーヒー片手に戻ってきた。そして、一般の通行人に邪魔されないよう、前日に決めておいたとっておきの場所に腰かけた。

画面の中の俺が、無理してブラックの缶コーヒーを飲み干してる。すかさずポケットから取り出した煙草をくわえて、ライターで火をつけた。口に溜めた煙を肺には入れずに、ゆっくり時間をかけて外に出した。コーヒーの空き缶に灰を落としながら、わざと顔をしかめてまたひと口吸った。吸い終えた煙草をさっと揉み消して缶の中に落とした。俺の中では、ここが一番の見せ場だった。だから、コメント欄を遡《さかのぼ》ってみて愕然《がくぜん》とした。

「あー、気づいちゃった」

「カメラ意識しすぎ」

「ヘルメット取ってアピールしすぎ」

「こいつイタいな」

「キツい」

「自己顕示欲丸出し」

「自己顕示よっくん」

「そこで吸うな」

「路上喫煙は駄目だろ」

「さっきからコイツふかしてない？」

「キモ」

「しね」

「だっさ」

「くっさ」

恥ずかしくて、いても立ってもいられなくなった。画面の中で、何も知らない俺が二本目に火をつけた。

「二本目笑」

「罰金払え」

「もういいよこいつ」

「仕事しろ」

「なんか一周まわってカッコよく見えてきたかも」

「ないだろ」

「ない」

「ないわ」

ライブカメラの事を何一つわかってない俺が、相変わらずのカメラ目線で煙草を吸ってる。この後、戻ってきた作業員達にバレないようにコソコソと空き缶を捨てた俺は、また意味もなくヘルメットを脱いだり、カメラ目線で髪をかき上げたりしながら仕事をした。何も知らない画面の中の俺は、ぽっかり空いた穴をギラギラした目でいつまでも見てる。

【プレミアム会員】
名前：**岸山大雄**
カナ：**キシヤマタイユウ**
性別：**男性**
年代：**30代**
職業：**無職**
弊社サービスをどこでお知りになりましたか？：**インターネット検索**
弊社サービスの利用頻度を教えてください：**24時間**

弊社サービスを利用する理由を教えてください：**本当の正しさを求めているから**
弊社サービスに対する満足度を教えてください：**極めて不満**
弊社サービスに対するご意見・ご要望がありましたら、ご自由にお書きください：
もっともっと正しさを映せ

深夜の渋谷、画面には終電間際のスクランブル交差点が映し出されている。駅に向かって走る人と、もう諦めた様子でのんびり歩く人、その差をぼんやり眺めている。オンラインゲームのやり過ぎで、ついに死者が出た。そんなニュースを思い出したのは、ライブカメラの見過ぎで死者が出たというニュースを目にしたからだ。異常な高まりを見せているライブカメラが、ついに人を殺した。これは誰も悪くないし、とても正しい殺人だと思う。そして、自分だって似たような状況に陥っていた。ここ数日、食べ物はおろか、飲み物すら口にしていない。トイレ代わりにしている2リットルのペットボトルはそこら中に転がっている。中から小便が漏れ出している物があるのか、部屋中に動物園じみた臭いが漂っている。毎日、四六時中、寝る間も惜しんでライブカメラにかじりついていた。

正しさを求めてライブカメラに辿り着いたは良いものの、今度はその正しさから一秒たりとも離れられなくなった。目を離した隙に、自分の知っている正しい世界に何か正しくないものが入ってくる。そんな不安に駆られ、いつまでもライブカメラから目が離せないでいた。そもそもどうしてここまで正しさに執着するのか、今ではもうよくわからなかった。

思えば人を傷つける表現を許せなくなったのも、初めは他人に影響されてだった。あれは良くない。これも良くない。そうやって誰かが批判するものを一緒になって批判するうちに、いつの間にかこんな所まで来てしまった。

信号待ちをしている大学生風の男が二人、ふらふらと並んで立っている。これからもう一軒行くのだろうか、その背中からは、夜を越える為の楽しげな覚悟が伝わってくる。まばらになった人影を目で追いながら、画面から流れるＢＧＭを口ずさむ。

〈いつしか変わりゆく街の片隅で　いつまでも変わらないものを探して　正しさを渡って正しさを曲がって　正しさと進んで　スクランブル　今自由へ　スクランブル　この街で〉

口の中が張りついて上手く歌えない。歯と歯の間から、声にならなかった小さな息が漏れる。点滅していた信号が変わり、まばらな人影がまた歩き出した。だんだんと瞼が重くなって、目を開けているのも苦痛だ。正しさから目を離してはいけない。そうとわかっていても、閉じる目を止められなかった。でも、それで良いのかもしれない。もうライブカメラには疲れ切っていた。それに、こんなに正しさを見てきたんだから、夢の中だってきっと正しい。そう信じて、久しぶりに眠った。

それは深夜のテレビ番組だった。白を基調とした華やかなスタジオセットの中央に司会者が立っていて、右手の雛壇《ひなだん》には芸人やグラビアアイドルが座っている。いつ両親が部屋に入ってきても良いよう、常に握りしめていたリモコンの感触がべっとりと蘇《よみがえ》る。カメラの前で司会者が声を張り上げた。

「もしかして、私たちそろそろ潮《しお》どき？　最狂カップル決定戦〜〜〜〜」

スタジオが拍手に包まれ、予選を勝ち上がった四組のカップルが入場してきた。ステージには色分けされた四つのベッドが赤、ピンク、青、緑の順に並んでいる。枕の脇に置かれているのはローションが入った透明なボトルだ。

「ルールは簡単。彼氏は潮を吹かせて、彼女は潮を吹く。そして、その潮で風船に結ばれた紙テープを切る。そうして風船を一番早く飛ばしたカップルが、めでたく優勝でーす」

司会者がルール説明をした後、四組のカップルがそれぞれのベッドで体勢を整えた。

「よーい、スタート〜」

右手を大きく前に差し出した司会者がそう叫び、雛壇の出演者や番組観覧席から大きな声援が飛び交う。股を広げた女の前に正座した男は、ローションを塗った手を一生懸命に動かしている。しばらくすると、一番左、赤いベッドのカップルにカメラが寄った。アップになった女の股だけでなく、男の手元にまでしっかりとモザイクがかかっている。じっと見ていると、やがて女の股から大量の潮が噴き出した。潮で濡れた紙テープが切れて、その先で結ばれていた真っ赤な風船はゆっくりと舞い上がった。他の三組のベッドからも、次々と青、緑、ピンクの風船が舞い上がる。スタジオは大歓声に包まれ、空中でぶつかり合いながら四つの風船は高く高く上がっていく。

「おい。こんなん放送できんやろ」

目を丸くした司会者が、面長の顔を更に伸ばして言った。とてもおめでたい雰囲気の中で、そこにいる誰もが楽しそうだった。こんな事はちっとも正しくないと思いながら、それを見る自分も一緒になって笑っている事に気付いた。こんなのは正しくない。そうわかっていながらも、その笑いを止める事が、どうしてもできなかった。

MINE……瀬戸夏子

臆病《おくびよう》なテロリスト、臆病な殺人者。われらの時代だ。もちろん、わたし自身この系譜に身をつらねさせてもらうつもりだ。

地雷というたいへん嫌な武器があるだろう。何が嫌かといって、ものにもよるけれど、あれは厳密には人を殺すためのものではないからだ。人の体を傷つけて、そして人の心を痛めつけるやり方で、効率よく敵の戦力を削ぐ。戦友が地雷で木っ端微塵《こばみじん》に吹っ飛ばされたらむしろラッキーだ。そいつのことはあきらめればいい。悲しいけれどそれだけだ。

けれど中途半端に片脚だけ吹っ飛ばされて哀れな顔でこちらを見られてみろ。見捨てられる奴はいい奴だ、生きる才能がある。そいつがほんものの天才だったらすっかりそのことを忘れられるだろうが、大概《たいがい》はもうすこし中途半端で、罪悪感で心が時々惑う、そういうときに油断してまた自分が地雷を踏んで犠牲になったりもする。

でも人間というのは見捨てられずに、そいつの肩を担《かつ》いで五体不満足になった体を安全な場所に移動させてやらなければいけない。心のなかの同情心と自分じゃなくてよかったという安堵の気持ち、直視したくない無惨《むざん》な傷口とむせ返るような血の匂い。失われた足は一本に見えるが足一本なくした兵士を運ぶ兵士に何ができるっていうんだ、その瞬間に失われている足は四本だ。

地雷という言葉は、地雷女だの地雷メイクだの実体を離れてどんどんミーム化して超メジャーになっていったが、なんでこんなに流行ったのか、それはみんな心底地雷が怖いからだ。

今回のウイルスは当初生物兵器だという噂もあったが本当ならよくできている。だって地雷みたいだ。どこにあるかわからない、踏んだら死ぬかもしれない、死なないかもしれない、自分は死なないけれど自分を助けようとした相手が死んでしまうかもしれない。

――それだ。

臆病なテロリスト志望者、それがわたし。

透明で純粋な悪意になりたい、それがわたし。

テロリズムの決行は一瞬の結晶のなかで具体が消失し抽象がオーロラのように世界全体

を覆う。それだけを夢見て生きてきた。わたし-たちはそんなふうに統一されている筈《はず》だと思っていた。それがわたしとわたし-たちの揺るぎない共同体であり、ゆえにわたし-たちはひとつの生命体である。

人が生まれて命を捨てるのに、他に、どんな理由が要る？

わたし-たちは願いながらも単独者になれなかった弱い個体の集合体。たとえばアンネシュ・ベーリング・ブレイビク。彼が現時点ではトッププレイヤーと目されるこの種目にエントリーしたいと考えている全世界の志望者たち。けれどその九十九％以上が生涯この種目のただの熱心な観客として浪費してしまう者たち。

わたしは二十七歳だった。疫病の流行はそれまでの人間関係を清算するのにも非常に有利に機能した。身軽になったわたしは自身を〈臆病なテロリスト、臆病な殺人者〉育成組織に登録した。残念ながらソロで成功させられるほどわたしは能力が高くないという判断だ。だからこの年までだらだら過ごしてしまったわけだが、もうこの年齢になれば自分の能力の限界は見えるし、ここまできてしまった以上、これから先若がえることもできなければ能力を向上させることもできない。ひとつしかない体、ひとつしかない命、ひとつしかないチャンスをわたしはこの機会に賭けることに決めたのだ。

要求された条件をすべてクリアして、身ひとつで呼ばれた場所は都内の簡素なホテルだった。身体検査のあとルームキーを渡され、プログラムの説明を受けた。わたし－たちは、これから最良のウイルスを身体に積みこんだパイロットとなる。

「ねえあなたは何のために志願したの？」

こんなところで馴れ合いが発生するなんて思いもしなかった。けれどこれが人生最後の人との交流になるかもしれないし（ウイルスとの相性によっては生き残る可能性もかなりあるらしいけれど誓約書にサインしてるからふつうに死ぬつもりではいる）すこしくらいならいいか、話しかけてきた女は五歳年下の美女だった。整形丸出しのつくりだけど。

組織に登録した者は、パイロットとして新種のウイルスをふんだんに搭載した身体になるための育成プログラムを開始する前に、二週間の自由時間を与えられる（より適切なウイルスの温床となる準備期間として）。自由といっても外出は禁止だし、情報を漏洩《ろうえい》させないように通信機器も所持不可だ。けれど衣食住の保証はされていて（そのためのお金を予《あらかじ》め支払っている）、ホテルのなかには陰性の志願者しかいない（検査済）。

その隣室の子、アイラは人なつっこくて最初に話しかけられたときに無視したのにそのあと何度も声をかけてきた。

会って三日も経たないうちにわたしの部屋に上がりこんで、自分の部屋に戻らなくなった。

「だって暇じゃない？　携帯も取り上げられてるし。コミュニケーションに飢えるよ」

「自粛で病んでるふつうの人とおんなじ感想だね」

なんでわざわざこんな子が、と思う。とはいえアイラ以外の他の志願者とほとんど会話したこともなく、案外こんなものなのかもしれない。

「ユミさんは、なんで志願したの？　そろそろ教えてくれてもよくない？」

「そろそろって何、別に教える義理はないでしょ」

ベッドの上に寝転がってだらだらトランプで神経衰弱をしながらする、どうでもいい会話。

「だって一ヶ月後、わたしたち生きてるかどうかわからないんだよ？」

「だからこそじゃない？　一ヶ月後生きてるかどうかわからないのにそんな話してもしょうがなくない？」

「じゃあわたしがなんで志願したか話してもいい？」

すこし迷った。この世からきれいに消えたいのに、人の情を負わされたらこの世への未練が骨に残ってしまいそう。でももうここまで入りこまれてるなら同じかもしれない。嫌だとは言わなかった。

「わたし、わたしのからだが絶対に消えないの。全部が全部、デジタルタトゥー。三歳のころからポルノ画像や映像を父親にネット上にばらまかれてたとえわたしがこの世からいなくなってもきたないわたしは永遠にこの世に残る。それが嫌で顔もからだも可能な限り全部整形したんだけれど、だめだった。わたしがいなくなってもわたしに欲望する汚い男がこの世からいなくなる保証がないの」

「結構ヘビーだね。それで、ウイルスのパイロットになってどうするつもり？」

「父親はもちろん、わたしのハメ撮りを勝手に流した昔の男、ネット上にわたしのポルノをばら撒《ま》いてるハブになってる男、罪が重い順に、順番にひとりひとりに会いにいくよ」

なるほど、アイラはテロリストではなく殺人者志望らしい。わたしにとって殺人は手段でしかないが、アイラにとっては目的だ。〈臆病なテロリスト、臆病な殺人者〉組織なのだから、後者の志望者がいたっておかしくはない。ただ殺人が目的だろうと、ウイルスのパイロットになれば実質的にテロリストとしてもその身体は機能する。

それにしてもなんでわたしは女なんかに生まれたんだろう。殺人犯は男、戦争に行くのも男、テロリストも大概が男。女がいても例外で、成果の規模は劣る。女が殺されようが戦争でレイプされようがどうでもいい、だってその女はわたしじゃないし。そんなことよりわたしが一流の殺人者にもテロリストにも戦犯にもなれない可能性が高いことのほうがよっぽど深刻でしょ、一度きりの人生なのに。阿部定《あべさだ》なんてのは最悪である。サロメは論外。女が男を殺す理由が愛だなんていうのは気色が悪いね、有り難がってる輩《やから》はもっと最悪である。アイリーン・ウォーノスの映画化『モンスター』なんてのもよくなかった。加害者をわざわざ被害者化して社会正義のプロパガンダにしてしまっている、気の毒な話だ。ベル・ガネスはなかなかいいけれど、あんな体格をわたしは持っていない。看護師になれば殺し放題だということもわかっているのに残念ながらわたしには学力（および学問を受けられる環境）が欠如していた。ダリヤ・サルトゥイコヴァは貴族だったし、マリー・デルフィーン・ラローリーは黒人奴隷を自由にできる立場だった。角田美代子《すみだみよこ》や木嶋佳苗《きじまかなえ》は大天才なので凡才には真似できない。ＩＳＩＬとナチスを比較するならナチス（しかしイスラムのイネス、サラ、オルネラ、アメル）――イルゼ・コッホを輩出しているから。戦争が起きればほとんどの女はレイプされて殺される。戦争に限らずとも大規模な厄災において大多数の女は被害者というあのみっともない地位に皆吸い込まれていく。しかしその災禍のなかで特権的地位に潜りこめれば一大チャンスだ。ナチスの恩恵を受けたのはイルゼ・コッホに限らない。女というくだらない属性にとらわれず、……そう、透明な悪意になるのだ。

このウイルスは結局まだ正体不明だし、変異も続いている。そのなかで、どうやらわたしーたちは初期段階のパイロットになるらしい。わたしはわたし以後の世界には興味がないので、なるべく現段階のパイロットスーツが性能の良いものだったらいいなと思っているけれど、運が良ければわたしの身体はスーツに食いつくされずに生き残り、さらなるウイルス変異後も再びパイロットになれるかもしれない。爆弾の代わりにウイルスを散布する、パイロットスーツであるところのわたしーたちの身体へ。

ルームクリーニングのおばさんがわたしの部屋を掃除している間、わたしはアイラの部屋で待つ。掃除、洗濯、食事、ここではすべてがしっかりとサービスされる。SF世界のように無人の機械や設備で管理されているわけではなくて、ほんとうにふつうのホテルスタッフのような人が世話をしてくれる。

「どう思う?」

朝食に給仕されたトーストを齧《かじ》りながらわたしはアイラに尋ねた。

「どうって?」

「あのおばさん、どういう人なんだろう」

「どうも何も、清掃のおばさんでしょ」

「もともとここのスタッフなのかな」

「訊いてみれば？」

「訊いて本当のこと答えるかな」

「ユミさんは何が心配なの？」

「心配、というか」

わたし-たちはこの二週間ホテルで缶詰になって、だらだらと遊んで暮らしているだけだ。たしかに娯楽の種類は少ない。けれど大浴場やサウナこそ使用禁止ではあるものの、ホテル内の卓球やカラオケルームなんか予約制ではあるけど使い放題だ（アイラは卓球が下手くそで歌はめちゃくちゃ上手い、わたしは逆）。自由すぎる気がする。そして〈臆病なテロリスト、臆病な殺人者〉組織はこの二週間わたし-たちにほとんど何の指示も出してこない。ウイルスのパイロットになるための準備期間だとはいえ気持ちは焦る。こんなことをしていていいんだろうか。明日になれば状況は変わるはずだけれど。

「わたしはアメニティが不満だよ。私物持ち込みが一切禁止だから、シャンプーもリンスも化粧水も乳液も備え付けのものしか使えない。肌はばりばり、髪はバサバサ。べつにここにいるあいだはいいよ？　でもわたしがウイルスのパイロットになって会いにいく相手は全員男、しかも形式としてはハニトラだからあまりに外見のクオリティが落ちていたら正直不便、怪しまれたら困るし」

「ふだん何使ってんのよ」

「ユミさんに言ってもたぶんわかんないよ」

「なんで」

「だってカラオケで歌ってた曲がなんかプチプラばっか使ってそうな女が歌いそうな曲ばつかだったよ」

「そんなタイプの偏見《へんけん》ある？」

アイラは陽気。暗かったのは志望動機の打ち明け話をしたときだけ。


「すみません」

「はい」

翌日わたしはフロントで、今後のスケジュールを知りたいと尋ねた。

「しばらくお待ちください」

キーボードの打鍵音。四十代くらいの男性が出てきて受付の女に画面を見ながら指でなにか軽い指示をだした。

「こちらをお持ちください」

その紙にはきょうから二週間の予定として、アルファベットのa～fがランダムに並んでいた。

「本日のお昼に説明アナウンスがあるかと思いますが、プラン全体に変更がございまして、いまこちらに滞在いただいている三十七名の方々に本日から順次接種を開始する予定でしたが、本部のほうで調整が入り、一律もう一週間ずつお待ちいただくことになりそうです」

「生活費とかは、もう一度？」

「いいえ、こちらの手違いの面もあるので既にいただいている分だけで結構です。より強力に、より正確にみなさまが菌を散布できるように、研究所のほうからもうすこし時間が欲しいとのことでして。申し訳ございません」

a……瞑想
b……体操
c……集合
d……検査
e……報告

f……訓練

一日目—朝食、c、d、昼食、a、b、夕食、e、就寝。二日目—b、c、昼食、d、e、夕食、a、就寝。三日目—朝食、e、a、昼食、b、d、夕食、c、就寝、……といった具合に記されている。アイラのものと見くらべてみたら、アルファベットの配列がまったく同じだった。

「これユミさんとわたしおんなじグループってことなのかな?」

アルファベットに割りふられたメニューの具体的実施方法などについては追々指示があるそうで、フロントの人たちにも本部からまだ情報が下りていないそうだった。

「アイラ、ここに最初にきたときどんな感じだった?」

「うーん。思ったよりボロくないホテルでびっくりした。支払ったお金で想像してたより、全然」

「ご飯もわりと豪華だよね。サーブされるたびに品目多くなって、おって思うし、メニューもほとんど毎日ちがうし」

「刑務所にいても死刑囚ってわりと扱い良いってきいたことあるけど、なんかそんな感じなのかな」

「もうすぐ死ぬから自由にしていいよ、みたいな?」

死刑囚だというなら、わたし－たちはみずから望んで自分の首にロープを掛けたわけだが。だれかの死刑が執行されるたび、じつは多くの国民はどこかで心が傷ついてるんじゃないかと思う、自分ではそんなふうには思っていなくても、どこかで、欠片《かけら》のように。

〈臆病なテロリスト、臆病な殺人者〉組織を発見したのはこのご時世のご多分に漏れず、インターネットでのことだった。よく眺めている反社会系有料会員サイトのなかでこの組織への勧誘リンクを見つけた。頻繁に紛れ込んでいる新興宗教系やネットワークビジネスの釣りとはちがう匂いがした(というか恥ずかしながら何度か引っかかってセミナーに参加してしまったことがあり、だんだん勘が身についてきた)。勧誘内容、金額、日程、全部が絶妙にこれまでの釣りとは感触がちがう設定だったのだ。ほんの一瞬迷ったけれど、なにか脳が炎で炙られたように熱くなって気づけばビットコインで支払いをすませていた。からだ全部が心臓になったようなはげしい動悸のあと、自分の人生が閃いたようにひとつの結論のなかに飛び込んでいったことにこわくなり、それから恍惚とした。

わたし－たち、騙されてないよね?

けれど、騙されてるとしたらこの大規模な仕組みは何のためにある?

「そもそも、わたし自身がもうウイルスみたいだなあ、って気がするの」

「インターネット上の？」

「そう、自分にきちんとした意識が芽生える前から。チャイルドポルノのわたし。父親に虐待されたあとどうしていいかわからなくて次々いろんな男を頼り歩いてたときにまた騙されてハメ撮りたくさん流されてきたわたし。たぶんたくさん知らない見たこともないいろんな人の精液を搾《しぼ》りだしたわたし、でもわたし自身はそんなこと知らなかったの、いまでもわからない、もしこの世からわたしの映像が消えることがあってもわたしの映像を見た人の記憶のなかからズリネタに選ばれてしまうかもしれないわたし。制御できない。じつはちょっと同情しちゃうんだよね、いまこんなに嫌われてるウイルスに」

「自分に似てるって思うから？」

「そう。すくなくともわたしは好きでこんなふうになったんじゃない。だからこのウイルスといっしょに戦えるのはちょっとたのしみだよ」

ウイルスという難解で透明な悪意。そうか、アイラ自身ももともと望まずに透明な悪意に生まれついて……いや、生きていくうちにそんなふうに変異させられた生命体なのか。わたしはこのときはじめてアイラを羨ましく思った。自身が被害者であるというカードをひっくり返して加害者になる。そんなやり方がアイラにはある。

「ウイルスは自分たちが生きのびるために自分たちを変化させつづけてる。アイラも？」

「わたしは生きのびる気なんて全然ないけどね。ウイルス本体が生き残るために死んでいく無数の個体があるでしょ、そのなかのひとつみたいなのがわたし。わたしは……ここにあるわたしの身体は、アイラっていう本体ではもう全然ないんだと思う。インターネットのなかのわたし、無限に増殖しているほうがもはや本体。取り残されたわたしの身体が、最後に捨て身の攻撃をするだけ。アイラっていう、もうわたし自身ではどうにもできないものにむかって」

もしかしたら、アイラこそが真のテロリストなのかもしれない。拡散して取り返しのつかない、世界を覆うアイラというウイルス――一方で、唯一の個体として残っている、身体と自我の残っているアイラ、唯一の結晶、アイラというウイルスに一矢報いるための最後の手段。


日々のなかに音符のように散らばるメニューをわたし‐たちは翌日から自分たちが音楽のようになってこなしていった。それぞれがひとつの旋律となって、いろんな人とすれちがう。

朝食後のｃでわたしはこのホテルではじめてアイラ以外の人間とまともに会話した。ガイという、わたしと同い年の男だ。筋骨隆々として日に灼けている。元自衛隊員らしい。

「世直しだ」とガイは言った。

「だいたいずっと弛んできてたじゃないか、ここ最近この国は。そこにきてこの病気、このつまらん施策だ。戦争からこっちこの国はずっと悪い病気にかかってきてそれが悪化する一方だ。逆なんだ、逆なんだよ。もともと悪い病気にかかってるアホな国民どもを治すクスリのほうなんだよ、これは」

ガイの思想は数分の会話でだいたいの趣旨をつかめた。この男はおもしろいかもしれない。接近してみる価値があるように思えた。ガイは見るからに精力旺盛、この期間にホテルの他の女とも接触していそうだが、つけ込む隙はいくらでもありそうだった。

わたしはそのままガイの部屋について行った。久しぶりにセックスした。終わって、ガイは水を飲んだあとに煙草を吸いはじめた。じっと見ていたら、「吸うか?」と問われ、「ちょうだい」と言ったら一本くれた。ピースだ。

「どこで手に入れたの、煙草なんて」

「どうしてもヤニが切れて落ち着かなくて訊いてみたら、ピースとわかばならあるって言われて売ってくれって言ったら、タダでくれたよ」

「ピースとわかばってなかなかなチョイスだね」

「普段何吸ってんだ？」

「たまにだけど。吸うならメンソール系」

「女らしい趣味だな」

女らしい、の言い方に、バカにしたニュアンスと好ましいというニュアンスが半々で混じりあっていて、わたしはこういうタイプの男は嫌いじゃない。

「煙草以外に貰えたものって何かある？」

「酒はだめだって言われたな」

「じゃあクスリ系もだめそうだね」

「やってんのか？」

「全然」

コンドームは支給されてるんだろうか。支給されてるとしてもガイはそもそも訊くこともなさそう、そもそも人生でこの男ゴムつけたことあるのかな。申し訳程度に中に出さずに腹の上に精液を出されたのがなんだかおもしろかった。避妊効果云々以前に、そもそも妊娠したところでそれを知る前にどうせわたしはおそらく死ぬのに。

「自衛隊辞めたあと何してたの？」

「世直しの準備だよ。だけどこのウイルスのおかげで手筈が全部変わった。俺の世直しはこのウイルスのなかに仕組まれていたプログラムのひとつだったんだ。知り合いがひとりこのウイルスで死んだ。死ぬ前にFacebookを更新してた。最後の投稿記事のなかに自分が死ぬことで世界が救われることを願って、って書いてあったんだ。意味不明な病気にかかって精神状態がやばくなってるのはそれまでの記事を追ってればわかったし、胡散臭い占い師に毎日電話してるっぽかった、で、あの最後の言葉は、死んだら自分の死体を献体に出してウイルスの解明に役立ててほしい、って意味で書いてたんだ、たぶん。でも、逆だろ?って、そのとき直感的に思ったんだよ。世界が救われるからあいつは死んだんだ。だったらそのために死ぬ人間を増やしたほうがいい」

わたし‐たちが、パイロットスーツを着て殺人機械に乗り込むようにこの身体をウイルスを散布する存在へと変化させるべくここへやってきたのには、それぞれの理由がある。このウイルスによるお祭り状態は身体だけでなく人々の思考形式にも多大なダメージを与える。みんなすこしずつ頭がおかしくなってる。わたしが例外だっていう保証もないけれど。

「ユミさん、ああいうのがタイプなんだ」

アイラは不満そうだった。

「男は男だってだけでわたしはわりと誰でも好きだよ。男は、わたしが女だっていうだけでうっすらわたしに好意を持つ可能性が高いから便利だしね。女相手よりコミュニケーションの手間が省《はぶ》けるから楽だよ」

「ユミさん、男好きなんだ」

「アイラは嫌い?」

アイラに関してはちょっとそのあたりが複雑そうなので踏み込むのを躊躇《ためら》っていた。アイラが男を激しく憎んでいることはまず間違いないだろうが、一方その憎しみが愛着と結びあっているパターンはよくあるし、その場合は同性として接するときにきわめて困難なシチュエーションが多々生じることがある。だったら面倒だな、と思った。

「どうしてそんな酷いこと平気で言えるの?」

アイラの目は涙で潤《うる》んでいた。何も答えずにいるとアイラは背を向けて乱暴にドアを閉め、わたしの部屋から出ていった。考えてみるとこのホテルにきてからほとんどの時間をアイラと過ごしていたことに気がついた。


b……体操の時間、アイラはわたしと距離をとって絶対に目を合わせようとしなかった。そのあとc……集合の部屋に移動してメンバーが多少入れ替わると、そのなかにガイがいた。すかさずアイラがガイの側に寄った。アイラの媚態にガイが一瞬で骨抜きになったのがわかった。そのとき一瞬アイラがわたしのほうを振り向いた。「ざまあみろ」と言いたいらしい。

やれやれ。わたしは組織の意向と現状を話すスタッフのほうに視線と意識をむけた。やっとウイルス散布のプランが具体的に話されるようになってきた。ただ、最後にスタッフの口から、もう一週間の接種開始の延長が発表されたときには軽いどよめきが起こった。スタッフは頭を下げて「申し訳ありません」とおそらく本部の代わりに謝罪した。

その後はそれぞれの部屋に戻ってランチの時間だ。アイラはガイの腕に自らの腕をからめ胸を押しつけながら、そのまま移動していった。おそらくガイの部屋に向かうのだろう。

「あの女はやばい」

それは数日後、トイレの個室にこもってガイとセックスしたときのことだった。たしかに思いかえしてみれば不自然だった。最初、アイラとわたしのスケジュール表をつき合わせてみたとき、ふたりのスケジュールはまったく同じだったのに、その日のｆの時間帯には、ガイはいたけれどアイラはいなかった。でも、見間違いだったのかもしれない。全日程をつき合わせて確認したわけじゃないから（とくにそんな必要も感じなかったし）。だからあれからずっとガイにべったりなアイラの目を盗んでこんな場所にくることもできたという話で。

「美人だし、あそこの締まりもいいって話？」

別の女とセックスしてるときにわざわざそんな話をしなくてもいいだろう、と思ったが、そういう話ではないらしい。ガイは苛立った調子で眉をひそめた。

「そうじゃない。あの女は地雷だ」

「地雷？」

「もしこのプログラムに設計ミスがあるなら、あの女だ。始末したほうがいいのかもしれない」

ガイは身体にウイルスを搭載する前に、脳味噌をこのウイルスに完全にやられてしまったのかもしれない。もうこれ以上この男とコンタクトをとる必要はないかな、と思った。


「ガイを知らないか？」

数日後、知らない男に話しかけられた。知らない男と言っても、たぶん何度かはすれ違っている、顔は見覚えがある、だけど名前や素性は知らない。

「知らないか知っているかでいったら知ってるけど、詳しくは知らない」

「いなくなったんだ」

その男はユウといって、ＳＮＳでガイと親しくなり、ガイの「世直し」の構想に魅了されてともにこの〈臆病なテロリスト、臆病な殺人者〉組織に志願したのだという。話しぶりからいって随分《ずいぶん》ガイに入れ込んでいるようだった。

「ガイの部屋に行っても蛻《もぬけ》の殻《から》だった、ガイがおれを置いていくはずないのに」

どうもパニックになりかけていて、わたしでは手に負えない気がしたし、面倒でもあったので、なだめすかして、いっしょにフロントまで行った。

「ガイ氏は離脱されました」

ユウとわたしは顔を見合わせた。

「どういう意味ですか？　機密を知ったら組織を抜けることはできないときいていたんですが。まさかさきに接種して外に出たということですか？　そんなプランの説明はなかったはずですが」

「それに関しましては、離脱、としか言ってはならないと言われておりまして」

フロントの男はいつもどおりの杓子定規だった。

「……あの女が近づいてきてから、ガイはおかしくなったんだ」

きかなくても、あの女、が指しているのはアイラのことだとわかる。

「だけどどこかで見たことがあるような気がするんだ、あの女……」

ユウがアイラのポルノを見たことがある可能性はある。だからそんなふうに感じたのかもしれない。けれど、アイラはそれを苦に全身整形をしたはずだ。とはいえ、チャイルドポルノはともかく、流出したハメ撮りの時点でアイラは整形していたのだろうか？　その時点で整形していたとしてもアイラはその後また整形したのかもしれない。そしてその整形後またアイラのポルノが流出したという可能性はないわけではないし、もっと言うならわたしはアイラがその後みずからアダルトヴィデオに出演した可能性すらあると思っている、アイラはそんな話は一切していない、わたしの邪推でしかないけど。早い段階で自身のからだを性的に杜撰《ずさん》に扱われた女は反動的に、あるいは過剰適応してさらに自身のからだを性的に酷使することも多い。アイラの外見は現在の人工美の極のようなすがたである。美は極まると極端に抽象化される。いまのネットポルノにはアイラのような顔が溢れている。見たことがある気がして当たり前だ。

アイラはみずからの姿を、美しいけれどどこにでもいる姿、風景のように他者にインストールされる姿にアップデートしたのだ。

そもそも、わたし自身がもうウイルスみたいだなあ、って気がするの、と言っていたのはアイラ自身だ。アップデート＝変異を繰り返すアイラ。アイラは「わたしは生きのびる気なんて全然ないけどね」と言っていたけれど、本当のところはわからない。もし「生きのびる気なんて全然ない」というのが本音だったとしても、アイラというウイルス本体がどう考えているのかはわからない。わたしがこれまで接していたアイラは、……アイラは何者なのだろう？

　ユウの足取りは重かった。ユウの部屋に入ったときに、ああ、なんだか、このホテル自体が人間の身体みたいだなあ、と思った。部屋はそれぞれの器官。いつかウイルスで破壊されるかもしれない部位。ガイは最初に侵されてしまった器官。だから、除去された。全体を守るために、わたしの、……わたし＝わたし－たちの身体を保護するために？

「おれはガイなしじゃ空っぽだよ」

「じゃあ、あんたも離脱するの？」

「どうやって？　フロントに訊いても離脱が何なのか教えてくれなかったじゃないか。単純にこのホテルからガイが出てったって話ならおれだって追いかけて出てくよ、撃ち殺されたって。でもたぶんちがうだろ、あの言い方だと」

「離脱ってなんなんだろ……戦線離脱？　だとしたら、ガイはもう使いものにならなくなったってことなのかな」

「あの女が、」

ユウが思い切り壁を殴った。

「あの女のせいでガイは病気みたいになった。ガイの言葉が空回りするようになった。おれはガイに出会うまでは空っぽだった。だけどガイに出会って、ガイの言葉が、ガイの思想がおれの空洞を全部埋めてくれた。おれは自由になった。だけどガイは変わった。ガイがおかしくなって、おれまで病気になりそうだった」

ガイを蝕んだウイルスはわたし‐たちが搭載しようとしている新型ウイルスではなくて、別のウイルス。それがアイラで、ユウはガイからそのウイルスをうつされて……もしかして、ここは、このホテルは感染の温床になりかけている？

アイラのせいで？

……だけど、それなら、アイラともっとも濃厚接触してきたのは——わたしだ。

次のｅで話しかけられたとき、わたしはその女がアイラだとわからなかった。

「元気？」

姿かたちが以前とはちがう。けれど中身がアイラでしかありえない。だからこの女はアイラだ。

とまどうわたしにつきまとい、アイラは以前とおなじようにわたしの部屋に入ってきた。

「ガイはいまどうしてるの？」

「全然知らないよ、あんな男。まだガイに興味があるの、ユミさんは？」

「興味があったというか。志願した動機がちょっと面白そうだったから話をきいてみたかっただけだよ」

「あの『世直し』とかいうやつ？　あんなのおもしろい？」

「アイラの話とおなじくらいには面白いよ」

わたしは自分が空洞だと思う。ほんとうはユウと変わらない。だから過剰な意味や過剰な理由と隣接したい。テロ、過剰な意味を抱えつつ自身を爆破して自身を無化するシステム。だからわたしはテロリストになりたかった。この過剰で難解なウイルスと一体化してわたしはわたしを解放したかった。そんなウイルスのパイロットになりたかった。

なりたかった？

――どうしてわたしは過去形で考えている？

「わたしの話、おもしろかったんだ」

「傷ついたとしても、謝らないよ」

「ガイのこと盗ったから、怒ってるの？」

「怒ってないよ。ガイ、いなくなったってガイの友達が騒いでたよ。アイラは何か知ってる？」

アイラがうれしそうに笑った。

「教えてほしい？」

「知ってるの？」

「離脱させたの。わたしが。それで、ガイはいなくなって、わたしはここにいる。わかったの、ここがどんな場所だったのか、やっと」

「何を言ってるの？」

「ユミさんも離脱させてあげようか？　やっと、わたしはわたしのことがわかったの」

ガイの言葉が脳内で谺《こだま》する……「あの女は地雷だ」

「わたしがスイッチだったの、この仕組みの」

〈臆病なテロリスト、臆病な殺人者〉組織は壊滅した。羨ましい。わたしだっていなくなりたい、けれどわたしの力でみんないなくなった。わたしが離脱させた人々はきれいにいなくなった。残ったのはわたしたち、わたしとユミさんのみ。

わたしはもともとこのプランがうまくいかなかったときのシステム自爆装置だった。最初はそのことをすっかり忘れていた、というより忘れさせられていて、もしこのプランがうまくいっていたならわたしはこのホテルにいたメンバーとともにパイロットになっていただろう。けれど組織のウイルス制御とわたし－たちの育成プログラムの組み合わせがうまくいかず現在のメンバーはすべて処分しなければならなくなった。そのときのためのもうひとつのウイルスがわたし＝アイラ。ガイを皮切りにわたしはどんどんホテルのメンバーをわたしに感染させ離脱させていった。例外はユミさんだけ。わたしは自爆システム起動前にまるでワクチン接種のように弱く長くすこしずつユミさんを蝕んでいた、そのときにはそんなつもりはなかったけれど、結果としてユミさんは現在のわたしの抗体を持っている。けれどわたしはまた変異しなければならない、生きのびるために。

ユミさん。

わたしはまた変異して誰からも個体として認識されないさらなる透明な悪意にならなければいけない。わたしはアイラ。わたしはアイラだけれどアイラじゃない。アイラというウイルスのなかにいてもそのときに個体であったことを忘れたくない。

ユミさんは抗体を持っているけれど完全体でこの世に残存できているわけではない、――わたしという地雷に半身を吹き飛ばされてしまったから。かわいそうに。わたしはわたしのなかにユミさんの精神を取り込んだ。ユミさんはわたしのアーカイブ。暫くの外付けＨＤＤ。現実への錨。

ユミさん。

ユミさんだけは、わたしのことを覚えていて。ずっと。いつか——結晶が破裂し、具体が消失して抽象がオーロラのように世界を覆う。その瞬間がくるまでわたしは現実に潜伏しつづけなければならない。でもそれまでひとりきりなんてさみしいじゃない？

ねえユミさん、どんな気分？

わたしはとてもうれしいよ。最後の瞬間まで、ユミさんが一緒にいてくれるから。

初出一覧

金原ひとみ「腹を空かせた勇者ども」……「文藝」2021年春季号
真藤順丈「オキシジェン」……「文藝」2021年春季号
東山彰良「天国という名の猫を探して悪魔と出会う話」……「文藝」2021年春季号
尾崎世界観「ただしみ」……「文藝」2021年春季号
瀬戸夏子「MINE」……書き下ろし

尾崎世界観（おざき・せかいかん）
1984年東京都生まれ。2001年結成のロックバンド「クリープハイプ」のヴォーカル・ギター。2012年アルバム『死ぬまで一生愛されてると思ってたよ』でメジャーデビュー。2016年に初小説『祐介』を書き下ろしで刊行。2020年『母影』で第164回芥川賞候補。他の著書に『苦汁100%』『苦汁200%』『泣きたくなるほど嬉しい日々に』『犬も食わない』、対談集に『身のある話と、歯に詰まるワタシ』等がある。

金原ひとみ（かねはら・ひとみ）
1983年東京都生まれ。2003年『蛇にピアス』で第27回すばる文学賞を受賞しデビュー。翌年、同作で第130回芥川龍之介賞を受賞。2010年『トリップ・トラップ』で第27回織田作之助賞を受賞。2012年『マザーズ』で第22回Bunkamuraドゥマゴ文学賞を受賞。2020年『アタラクシア』で第5回渡辺淳一文学賞を受賞。他の著書に『AMEBIC』『オートフィクション』『パリの砂漠、東京の蜃気楼』『fishy』等がある。

真藤順丈（しんどう・じゅんじょう）
1977年東京都生まれ。2008年『地図男』で第3回ダ・ヴィンチ文学賞、『庵堂三兄弟の聖職』で第15回日本ホラー小説大賞など、それぞれ別の作品で四つの新人賞を受賞する。2018年『宝島』で第9回山田風太郎賞、翌年同作で第160回直木三十五賞を受賞。他の著書に『黄昏旅団』『墓頭』『夜の淵をひと廻り』『われらの世紀』等がある。

瀬戸夏子（せと・なつこ）
1985年石川県生まれ。2021年「ウェンディ、才能という名前で生まれてきたかった?」（文藝）で作家デビュー。著書に『かわいい海とかわいくない海 end.』『現実のクリストファー・ロビン』『白手紙紀行』等がある。

東山彰良（ひがしやま・あきら）
1968年台湾生まれ。5歳の時に日本に移る。2002年『タード・オン・ザ・ラン』（単行本では『逃亡作法　TURD ON THE RUN』）で第1回「このミステリーがすごい!」大賞銀賞・読者賞を受賞しデビュー。2009年『路傍』で第11回大藪春彦賞を受賞。2015年『流』で第153回直木三十五賞を受賞。2016年『罪の終わり』で第11回中央公論文芸賞を受賞。2017年『僕が殺した人と僕を殺した人』で第34回織田作之助賞、第69回読売文学賞、第3回渡辺淳一文学賞を受賞。他の著書に『ブラックライダー』『どの口が愛を語るんだ』等がある。

緊《きん》急《きゅう》事《じ》態《たい》下《か》の物《もの》語《がたり》

二〇二一年六月二〇日　初版印刷
二〇二一年六月三〇日　初版発行

著者　尾崎世界観、金原ひとみ、
真藤順丈、瀬戸夏子、
東山彰良

装幀　森敬太（合同会社 飛ぶ教室）
装画　ＰＯＯＬ
発行者　小野寺優
発行所　株式会社河出書房新社
〒一五一-〇〇五一
東京都渋谷区千駄ヶ谷二-三二-二
電話〇三-三四〇四-一二〇一（営業）
〇三-三四〇四-八六一一（編集）
https://www.kawade.co.jp/
本文組版　株式会社キャップス
印刷・製本　三松堂株式会社

Printed in Japan
ISBN978-4-309-02965-8

□完全版　韓国・フェミニズム・日本
斎藤真理子　責任編集

□小説版　韓国・フェミニズム・日本
イ・ラン／小山田浩子／高山羽根子／チョ・ナムジュ／デュナ／西加奈子／パク・ソルメ／パク・ミンギュ／ハン・ガン／深緑野分／星野智幸／松田青子
翻訳＝小山内園子／斎藤真理子／すんみ

□中国・SF・革命

イーユン・リー／柞刈湯葉／上田岳弘／閻連科／王谷晶／ケン・リュウ／佐藤究／ジェニー・ザン／郝景芳／立原透耶／樋口恭介／藤井太洋

翻訳＝及川茜／小澤身和子／篠森ゆりこ／谷川毅／古沢嘉通

□覚醒するシスターフッド

文珍／大前粟生／キム・ソンジュン／桐野夏生／こだま／サラ・カリー／藤野可織／ヘレン・オイエイエミ／マーガレット・アトウッド／柚木麻子

翻訳＝上田麻由子／岸本佐知子／鴻巣友季子／斎藤真理子／濱田麻矢